U0462182

新岛

与最聪明的人共同进化

HERE COMES EVERYBODY

CHEERS

CHEERS
湛庐

现实科幻系列
RSF012

穿越时空的
下载者
THE
DOWNLOADED

[加] 罗伯特·索耶 Robert J. Sawyer 著
何锐 译

四川科学技术出版社

扫码加入书架
领取阅读激励

扫码测一测，
立即获取答案及解析，
一起畅想未来的可能性。

关于意识上传和冬眠技术，你了解多少？

- 关于意识的本质，下列说法正确的是（　）

  A. 意识是经典物理学的产物，能通过物理手段完全保存

  B. 意识是量子相互作用的产物，不会受到任何影响

  C. 冷冻大脑后，意识会遭到摧毁且无法再生

  D. 意识是一种超自然现象，无法用科学解释

- 人体冷冻休眠技术面临的主要挑战是（　）

  A. 如何在冷冻过程中保持细胞的活性

  B. 如何快速解冻人体而不造成伤害

  C. 如何确保意识在冷冻和解冻过程中不被破坏

  D. 以上都是

- 小说中，量子计算机内存储意识时，最初尝试的解决方案及结果是（　）

  A. 加快量子计算机的时钟速度，意识出现错乱

  B. 加快量子计算机的时钟速度，意识能正常运行

  C. 将量子计算机的时钟速度减慢到零，意识无法重启

  D. 将量子计算机的时钟速度减慢到零，意识重启且保持理智

扫描左侧二维码查看本书更多测试题

本书献给

埃里克·格林

一只聪明的好猿

我们该如何存在于宇宙？
——罗伯特·索耶"新人类"系列

周　炜

创世伙伴资本创始合伙人

　　作为一名科技领域的投资者，我一直对技术创新和未来趋势保持着极高的热情。我也是一个科幻迷，因此很荣幸有机会为我喜欢的科幻作品撰写推荐序。

　　由湛庐文化出品的科幻长篇小说《月球背面的复制者》（以下简称《月球》）与《穿越时空的下载者》（以下简称《穿越》）即将上市，作者罗伯特·索耶先生是我最喜欢的科幻作家之一，读过这两部作品后，我更确信了这一点。他的作品拥有我所认为的优秀科幻小说该有的样子：既有翔实准确的科学描写和跌宕起伏的故事情节，又暗含哲理，能让人掩卷沉思。

《月球》的故事发生在 2045 年，主角雅各布·沙利文自从他父亲因遗传性绝症而成为植物人以来，就一直生活在恐惧与不安之中——有朝一日，他也许会步父亲的后尘。数十年后，一项新兴技术的出现，可以让人通过复制意识到"人造人"躯体上，拥有更强大的"体魄"。雅各布仿佛看到了"重生"的机会，于是毫不犹豫地选择成为第一批"吃螃蟹"的人，复制了自己的意识，却被迫卷入了一系列危机。

书中，通过聚焦"人造人"技术实现后可能会出现的某些局面，作者提出了多个值得深思的问题。原作首次出版于 2005 年，但其中探讨的很多问题并不过时。令我印象最深的部分之一便是小说里的庭审戏份，为了论证"人造人"凯伦到底还是不是凯伦本人，庭审双方旁征博引，展开激烈辩论，用既往的判决案例与生物学知识来探究到底什么是"人"。此外，书中还探讨了意识复制的可能性等话题，随着角色的对话一步步深入哲学的密林，是阅读这部作品的极大乐趣。

《穿越》则是索耶最新的长篇科幻作品。故事发生在

2059 年，两个截然不同的群体将他们的意识上传到了同一台量子计算机中。他们一组是准备进行地球首次星际旅行的航天员，另一组则是被判有罪、在虚拟监狱中服刑的谋杀犯。而一场足以毁灭地球的天灾迫使这两个群体必须携手合作，共同拯救地球和自己。

这本书采用了多人口述记录的叙事形式，在不同角色的视角切换中推进情节。而相较于形式的创新，《穿越》的文本内容也契合时代特征，包括其部分情节涵盖了作者对当下时代性话题的关注。科幻作者的确需要紧跟时代脉搏，像索耶这样的大师更不会例外。

《穿越》的另一大看点是两个群体——精英面貌的航天员与不被主流社会所接纳的囚犯——之间擦出的火花。索耶巧妙地将这两个群体置于同一时空之下。危难当头，这看上去似乎水火不容的两类人不得不开展合作。他们将如何团结起来？读者会从小说中找到答案。

总之，从《月球》和《穿越》两本书中，读者既能感受到索耶娴熟的叙事能力，又能感受到他与时俱进的活力。两部作品的写作时间虽相差十几年，但不难看出索耶一如既往的风格——在有意思的设定与情节之下，埋藏着深刻哲思与对现实的隐喻。仔细想来，两部作品在主题上有着相似之处。《月球》借"人造人"的设定抛出的问题是"如何定义一个人",《穿越》同样涉及了不同人类群体间身份认同的问题。这或许也可看作一种隐喻:无论科技如何进步,时代如何发展,世界都只是一面镜子,而从中反射出的人类对于自身的审视与定义,似乎才是永恒的话题。

科幻往往带领我们抽离日常的烦琐,让我们得以抬头望向星辰。而索耶的这两部小说在为我们带来星空的恢宏外,又不禁让我们回望自身:生而为人,我们该如何存在于这茫茫宇宙中?

末世众生
——我读《穿越时空的下载者》

江 波

中国著名科幻作家
银河奖、华语科幻星云奖得主
《未来史记》作者

　　罗伯特·索耶的新小说 *The Downloaded*，中文译作《穿越时空的下载者》，从小说的译名来说，加上了一个穿越时空的定语，好不好，见仁见智，但这个定语所描述的内容，是很切实的。

　　穿越时空是这篇小说的核心。如何穿越，则是它的创新之处。在爱因斯坦的相对论宇宙里，借助时空的相对性，我们可以很轻易地穿越到未来——只要能够拥有接近光速的技术能力，电影《星际穿越》就是如此。穿越也可以完全不需要任何解释，比如摔个跟头或者被雷劈了，就"魂穿"了，那就落入了纯粹幻想剧的范畴，和科幻无关了。

《穿越》是一篇纯粹的科幻小说，穿越用的是一种非同寻常的方式：将人体冷冻起来，同时让人的意识进入量子计算机，在虚拟世界中活着。在躯体"复活"的时候，人的意识就会通过量子纠缠，回到躯体之中。人类对量子力学的理解和对思维本质的认识还有许多暧昧不清的地方，索耶这种大胆而跳跃的设想，无疑是对科学前沿的尽情发挥，给人带来很多启发。

基于这样的技术畅想，索耶成功营造出一个新奇而陌生的世界：现实和主观时间彻底分离了，现实可以比主观时间的流逝更快，也可以更慢。一些人在虚拟世界中停留不过四五年，现实却已经过去五百年。另一些人在虚拟世界中几乎度过了一生，外边的世界却慢得像是龟爬。虚拟世界的时间受到系统时钟的影响，可以调整，从而实现了主观时间的伸缩，这样的景象无疑有很多应用场景。在小说中，航天员要通向遥远的星系，为了避免漫长旅途的无聊，航天员们在虚拟世界中调慢时钟，从而用很短的主观时间就可以抵达遥远的星球；囚犯们要度过漫长的刑期，被调快的虚拟世界可以让他们在服刑之后，并不减损现实中太多的生命，可以重新开始。他们所要做的，就是在冷冻期结束后通过量子纠缠回到自己的躯体之中。

他们的确回到了现实，却发现一个截然不同的世界。这是一个五百年之后的地球，他们成了劫后余生的幸存者。航天员和囚犯，两个根本不会有任何接触的人群，被作者用巧妙的设定放在了同一个时空之中。他们要面对已经"死去"的地球，面对自己已经被更改的命运做出选择，更要面对彼此不同的人生经历和价值观的冲突，学会包容和共存。

包容是小说的另一个主题。美国和加拿大的社会高度多元化，在小说中，对这种多元化未必想要格外强调，但在故事情节中总会表现出来，例如飞向外太空的船长是一位黑人女性，飞船里的一位农学博士是对自身的生理性别感到困惑的男人，而他和主人公之一在这末世的环境里相见恨晚。这是美国和加拿大当下的科幻作品中常见的元素，也是现实向科幻小说的投射。

在一个末世场景中，人会具有什么样的心理和行为，这篇小说提供了一种答案。科幻总在不断地探索此类可能性，索耶用他娴熟的叙事技巧再次作答。对末世生存感兴趣的读者，这篇小说会是一个很有意义的参考。

小说的写作手法也值得讨论，带有强烈的探索性。故事由一篇篇谈话组成，从不同人物的视角解读一段段事件，逐渐拼凑出完整的图景，就像在玩一个解谜游戏。这样写的风险很高，因为读者很可能会对故事的走向产生困惑，甚至不知道到底是谁在和这些人物聊天，然而阅读完整个故事，一切便豁然开朗。

索耶的小说，常常会有一个很有意思的设定，因此他也常常被归类到硬科幻作家一类。然而设定只是科幻小说的一个侧面，能够把设定和故事情节结合起来，成为核心的推动力，才是好的科幻。在这篇小说里，通过人体冷冻、赛博空间和量子计算机，作者成功地营造出了一个栩栩如生的末日后世界，这是优秀科幻小说的特征之一。小说中探讨的社会话题，包括一个社会该如何进行组织，该如何建立文明的基石，不同的人在社会中该如何找到自己的位置，这些提问，则让小说折射出人文关怀的光辉，表达出深刻的思考。

末世众生，我想用这样一个短语来描述阅读了这篇作品的整体感受并把它推荐给你。希望你也能从索耶所描述的这个奇异世界里，找到独属于你的感动。

THE
DOWNLOADED

目 录

第1章
退相干

众人开始更多自问"这是否让我快乐",而非"这是否让他人快乐"之际,便是文明崩溃肇始之时。

——詹姆斯·科尔温

与尤尔根·哈斯医生的交谈记录

你就是……想要跟我们每个人交谈的那个人?我知道外头天气很热,但你应该穿上外套,不是吗?披件厚呢子大衣?就像是机械降神戏码里的演员?谢谢,谢谢,我现在来到了这地方——嗯,至少在接下来的七年里都还得待在这里。尝尝这五百年陈的小牛肉,别忘了给你的机器人小费。

无动于衷？一点儿都没笑？你可真难逗乐！不管怎样，是的，我很乐意跟你谈谈。我敢打赌其他人中会有拒绝的。不，不——不是我们这一批人，但另外那批人会，你明白的。我呢，当然可以，尽管问吧。

哦，别费事叫我哈斯医生。尤尔根就好，谢谢。什么？抱歉，你的口音我听得有些吃力。我什么时候意识到出问题了？让我想想。那是在夜晚。为什么？因为我喜欢夜晚。见鬼，有时候我会让夜晚一直延续——嗯，延续似乎好几天，你明白我的意思吧。

那是个满月夜。在电影当中，夜里总是满月，不是吗？以前这让我烦得要死。即使展现了黑夜的天空，上面也只有些随机散布的星星。从来没有任何让人认得出来的星座。

我确保我的星空设定精准：大熊在北，猎户于南。不过我在行星上玩了点儿手法，就跟天文馆里头的手法一样。

它们不是些闪动的小亮点，而是每一颗都显示为一个小小的圆盘。我可以看到木星上的云带、围绕土星的光环，火星上的地貌特征也隐约可见。

是的，我想，我对满月的喜爱也不亚于他人，所以我这里通常都是满月。我知道，耀眼的月光本该会淹没大部分的星辰，但在尤尔根宇宙中，天穹全然听从我的意志。

妄自尊大？说我？除非那些都不过是虚妄的幻象才能这么说。月亮确实圆满无缺，星光也真在闪耀，甚至挨在月盘旁边的星星也清晰可见，还有银河拱桥横跨于地平线上，灿烂辉煌。以及，没错，"万里无云"。至于云，我从上下两面都看过了——这个职业的好处之一，明白吧——除非它们看起来像条龙，或是其他酷炫的玩意儿，否则我要它们有何用呢？

是的，一个完美的夜空。只差几道北极光了，就像育空地区旅游广告里的那样，然后——请看——它们来了：绿色和金色的条带，如涟漪一般美不胜收，但并不寒冷。滚蛋吧，寒冷！天气就跟从前多伦多8月的夜晚一样温暖，但完全没那种见鬼的湿度。

接下来，在这样的夜晚，你得做点儿特别的事，对吧？比如说，在尼亚加拉大瀑布上来个人体冲浪。小时候，我曾见过那里日落后很久的样子，当时人们用不同颜色的灯光照亮了瀑布。我的版本就是那个样子：大片的水花色彩缤纷，桃粉品赤，翠绿青蓝。

我让尼亚加拉河朝着悬崖汹涌奔去，一股狂野的洪流，激起层层浪花，将月光散射成道道彩虹。岸边是白延龄草的花海——这见鬼的什么省花①，我在野外只见过那么一回。它们的确很美，所以管他的呢，反正亿万株和一株做起来同样简单。

啊，确实，在黑暗中玩人体冲浪是疯狂得可以，但正因此才格外值得去做。接下来，这样的绝技需要有观众，于是——哈，她这就来了——利蒂希娅，脑后披着脏辫，修长的双腿迈动着，迅速缩短了我们之间的距离，她那美丽的脸上挂着一个灿烂而温暖的笑容。

别那样看着我。她真的是很美，我也真的不是在物化她。我只是在告诉你我是如何看待她的，好吗？别刁难我。

当然，那不是真正的利蒂希娅。她待在外头自己的地宫中，就像我待在自己的地宫里一样。我没见到她的真人已经有——天哪，现在真的已经过去四年了吗？当你心情愉悦的时候，时间可真是飞逝如闪电啊。或许，我想，当你所在的系统时钟运转飞快之时也同样。

实际上，这里的时钟运转缓慢。是的，从我的角度来看，这个虚拟现实只过去了四年，所以就我而言，现在是

---

① 白延龄草为加拿大安大略省省花。——译者注（若无特殊说明，本书脚注均为译者注）

2063 年。但外部宇宙已经过去了五个世纪。那么现在大约是 26 世纪中叶，也就意味着我们应该快要到达目的地了。

我上次见到真正的利蒂希娅时，她 38 岁。我比她大一岁——我说的还是主观时间——但我比她要晚一年获得航天员的翼徽，因为在医学院读书花的时间要长些。

不管怎么说，我都没必要穿衣服。在这儿没什么能伤到我，而且温度舒适宜人。不过我还是变出了一条蓝金色的国际航天局联盟泳裤。利蒂希娅那边，她穿着——欸，有些古怪，她穿着她那套航天员连体衣，衣服的浅棕色调让她在黑暗中显而易见。

我回头看去，确认利蒂希娅正朝这边注目，然后在长满白延龄草的北岸——加拿大的领地——弓腰下蹲，向上跳起，高高跃入空中。在跃到最高点，运动轨迹开始向下倾斜之际，我将手臂在头顶合拢，准备钻入汹涌的水流。我撞进水中，水是温暖的——既然水温随我所欲，就没必要受那份罪——在水下潜了整整一分钟，然后浮上河面，任由身体随着波涛翻腾的河水"一泻千米"，朝着尼亚加拉瀑布陡峭的悬崖滚滚（虽然并没在桶里！）而去。

在即将抵达岩石边缘的时候，我意识到如果加上"雾中少女号"观光船，还有上面那些穿着黄色雨披的游客，我就可以拥有更多的观众，然后——哇——船来了，就在前下方远处，我从绝壁上空飞出，屁股上好似绑着助推火箭。我每下降一米，就肯定往前飞了有十米远。电光石火之间，我意识到，等我坠入尼亚加拉河时，利蒂希娅会在我身后很远的位置。

我对超级英雄电影有种愚蠢的热爱[1]，所以我把右臂贴回到身侧，就像超人要转弯时那样，开始向她迂回而去。空气吹动着我的头发，将我身上的水汽剥离。我觉得就利蒂希娅的视角而言，我会是个夜空中的黑色轮廓，月光从我背后照过来。为了修正这个问题，我一边继续对着她俯冲，一边让南岸出现了三个架在旋转底座上的聚光灯，让它们的光束聚焦在我身上。

利蒂希娅此刻本该在使劲鼓掌，笑得合不拢嘴，但两样她都没做。相反，她只是站在那里，双臂交叉在胸前，大摇着头。系统通常都知道我会期待看到什么，但我一直都可以覆盖它的选择，只要念头一转就行。我当时就心头转念，告诉利蒂希娅的虚拟形象要发出欢呼，然后跑向我即将落地的

---

[1] 欧美老电影迷，特别是老科幻电影爱好者，一般对超级英雄类型的电影评价低。

位置。

什么都没有发生。她就站在那里，看起来很生气。我将双臂像制动器那样向两侧展开，轻轻地落在离她约 3 米远的地方。我朝她走近时，注意到了一件令我吃惊的事情。她的辫子比我见过的任何时候都长，但这并不会让我感到不快，我觉得越长越好。从她头顶到她的臀部中央，她的辫子里一路都夹杂着些红色的珠子，就像是挂在藤蔓上的蔓越莓。我不介意珠子，但我讨厌红色——是的，我知道，一个医生讨厌红色，这很奇怪——所以我绝不会创造一个这样子的她。

我飞快地眨了三次眼——我修正小故障时的常用手法——但什么都没有改变。"天哪，利蒂希娅，"我开口说道，这是我多年来第一次听到自己的声音，"那完完全全是一次金牌级的运动表演，你为什么板着个臭脸？"

她向来迷人的牙买加口音中有怒火隐隐闪耀："我都忘了你有多孩子气了，尤尔根。也许我该掉头去找张医生。"

张，那个杂种。进入自己的地宫的好处之一就是可以远离其他人——至少是远离某些人。"虚拟覆写，口令$\Phi X \Psi \Omega$，"我说，"重置利蒂希娅。"

利蒂希娅纹丝未变，依旧站在白延龄草中间，怒视着我。

"多弄几件衣服穿上，蠢货，"她说，"我们需要谈谈。"

与利蒂希娅·加维船长的交谈记录

是的，没错，那正是尤尔根说得出来的话。我在尼亚加拉河边等他，脸上挂着个——他是怎么说的来着——"灿烂而温暖的笑容"。我不想说男性常常会把女性描绘成被动的旁观者，但像尤尔根这样的男航天员往往还死抱着那种大男子主义不放。据说那是从当初的"水星七杰"传下来，流淌在他们血脉中的"先锋本色"。当然了，现在尤尔根的血脉中是抗凝剂，就跟我的血脉一样，我的意思你应该懂的。

又或者你其实没懂。我想我最好解释一下。对我来说，这一切都始于我外公。他出生在牙买加，1989年，他只有29岁，就被确诊患有一种罕见的非霍奇金淋巴瘤，叫作套细胞淋巴瘤。有多罕见？北美每年只有几百例确诊。有多严重？无法治愈，绝症晚期。医生说他大概还能活四年。

嗯，四年，对一个在联合国维和部队服役过的人来说是不够的。对一个还拥有他所谓的"梦想手册"而非"梦想清单"的人来说也不够；一张清单太短了，写不下他所有的梦想。外公和我，我们有个共同点：排除万难的决心。我俩都无法忍受任何东西阻碍我们实现目标。

当然了，我从未见过他，但外婆和妈妈给我讲过他所有的故事。一个黑人，在当年那个属于白人的世界中，他每前行一步都不得不苦战一番，所以我也必须战斗不息，对吧？延续家族传统。

人们那会儿总说"癌症的治疗方法会在未来20年间出现"，然后一直这样说了50年。那时他们对套细胞淋巴瘤的治疗方法确实在磕磕绊绊地取得进展。虽然4年内不会有治愈的方法，也许20年内也不会有，但最终肯定会有办法的。外公外婆共同决定，当癌症最终要夺走外公的生命时，对他的身体进行冷冻保存。他是个绝不会让像癌症四期这样的小事挡住自己脚步的人——至少不能是永远停步。

他的工作提供的寿险加上他另外购买的保险，总共有300万美元可以领取。那时候，这笔钱已经足够照顾他的妻子和三个儿女，还能余下一大部分用于进行超低温深冻。他与位于内华达州的冷启动公司签订了合同，那是全世界评价最高的人体冷冻保存机构。

这点其实挺有讽刺性的。受到极高评价的……是公司的场地、员工和用于存放人体的设施，而他们有大约170具人体处于超低温深冻中。没人对他们复苏无生命体征的人体的能力进行评价，因为完全没人知道那要如何做到。正如那个笑话："人体冷冻专家需要多少人才能换灯泡？""一个也不需要——他们只是坐在黑暗中等待技术的改进。"

总之，1994 年，我外公 34 岁。那年他被冻了个结结实实。在被冷冻之前他还说，反正他这人也一直冷静得很。

在 21 世纪的第一个 10 年，出现了套细胞淋巴瘤的化疗手段，但那算不上治愈良方。哪怕已成功地击退了疾病，浑身已经完全病去无踪，套细胞淋巴瘤的复发率仍然是百分之百。这该死的玩意儿铁定会回来，而且第二次几乎不可能再被击退。

很快，人们将化疗、放疗与自体干细胞移植结合起来，开发出了更强有力的疗法。这种技术一度成为业界典范，通常能让患者在早期确诊后再活大约 10 年。

20 世纪 20 年代，出现了一种叫作嵌合抗原受体 T 细胞免疫疗法的东西。肿瘤学家终于开始在与这种癌症相关的情况下使用"治愈"这个词，尽管前面通常还是要加个限定词"有可能"。

外婆想念外公，但并不急于让他复苏。部分原因是她担心身体仍是三十来岁状态的业余运动员丈夫会如何看待年事已高的妻子。

到了 2032 年，更先进的基因技术取代了嵌合抗原受体 T 细胞免疫疗法，提供了全面而永久的治愈方案。所以我的外婆决定，是时候了。她、我的父母、我的舅舅德文和勒罗伊，还有 12 岁的我，全家人齐聚内华达州，要求冷启动公司让外公复苏。这是一个历史性的时刻，当初外公签下合同时对此肯定始料未及：到头来，他成了全世界所有人体冬眠设施中尝试复苏的第一人。

他们必须快速移除替代他的血液的抗凝剂，以防他的细胞爆炸，然后给他灌注 6 升 O 型阳性血，重新启动他的心脏。

外公的身体从被保存了 38 年的钢制容器中取出，用可快速升温的热毯裹了起来。墙上的显示屏足够大，我们可以从楼上的观察台看到他的生命体征，或者说是生命体征的缺乏：他的体温为 17°C，而且在迅速上升；但他的心电图和脑电图几乎都是一条直线，呼吸监测器也是如此。如果当时在我身上放置一个类似的传感器，应该也会显示出同样的情况，因为我屏住了呼吸。

还有两个数字显示屏，每个都发着红光，一个在另一个上面。上面的屏幕标着"实际年龄"，显示的是"72 岁 /3

个月/22天"。下面的屏幕标着"生理年龄"，显示的是将近40年前外公被冷冻时证明上写着的时间——"34岁/10个月/5天"。

最后，该是进行除颤的时候了。房间里有9名医生，其中一位拉开了毯子，还有一位使用了除颤器——

外公的胸膛起伏，心电图开始活跃起来。片刻之后，脑电图也开始活跃，紧接着，呼吸监测器显示他开始大口喘息。我们看着他的胸膛起伏。

我瞥了一眼生理年龄的显示屏，发现"天"值现在是6，这无疑是种制造戏剧效果的手法：将该时间值设置于一天将要完结之际，最后一位数字的变化便会成为他新生活开始的标志。

在楼上的观察台，我们互相拥抱，发出兴奋的欢呼。外婆的眼眶里积聚着喜悦的泪水。在下面，那些没有立即忙碌起来的医生互相击掌或者互相握着戴手套的手。

我们等待着外公的眼睛睁开……

我们等待着。

一直等待。

最后，妈妈再也忍不住了。在观察台上，有3名冷启动公司的高管，妈妈和我转身面对他们，"怎么回事？他怎么还没醒来？"

身材高大、头发梳得整整齐齐的中村先生试图露出一个安慰的微笑，但我能感觉到他笑得很勉强。"他可能和我一样：无论睡了多久，当闹钟响起时都还想再多睡 5 分钟。"

妈妈皱起了眉头，我们转身看向复苏室的倾斜窗户。欢庆成功的气氛已经不再，9 名医生全都在忙上忙下。其中一位用手指轻轻弹了一下外公的额头，就像是试图让一台接触不良的机器恢复正常。

几分钟后，中村先生终于也忍不住了。他俯身按下了窗台上的对讲按钮："希瑟，怎么回事？"

一名肤色比我还要深的医生抬起头来，尽管她脸的下半部分被口罩遮住，但她眼中的恐慌是无法掩饰的。"之前的流程一切正常，"她说，"现在也一切正常，但是……"

"那他为什么还没醒来？"中村先生追问道。

她耸了耸肩，肩头一起一伏，一如呼吸监测器上的迹线。"我不知道。"

外公那天没有醒来……接下来的那天没有……再接下来的那天也没有。最后，中村先生把我们都召集到他的办公室。"非常抱歉，"他说，"亨德森先生陷入了昏迷。他对外部刺激完全没有反应。一切都运转正常，只是他没有意识。"

"你承诺过可以让他复苏的！"外婆说。

"呃，我可没有做出过这种承诺，"中村先生说，他在外公被冷冻时还在上学，"但他已经复苏了。他已经'重获新生'。还没人曾被复苏过，而且……"

"见鬼！"外婆说道，这是我第一次听她说这种话，"那算不上活着。"

中村先生不情愿地点点头："我们正在邀请神经科学方面的专家来会诊——他们都是业内最顶尖的。与此同时，我们应该讨论下……"

"什么？"外婆说，"你想要更多的钱？天哪！"

中村先生向上举起双手："不，不，不，当然不是。只是……嗯，他仍然患有套细胞淋巴瘤，而基因重测序疗法并不需要他有意识。我建议我们先消灭他的癌症，这样等他真的醒来时，就会拥有健康的身体。"

外公一直没有醒来。我们把他搬到了蒙特哥湾①外婆家附近的一家长期护理机构。外婆每天都去看他，直到她去世。

本来我们已经为她在去世时进行冷冻预留了资金，但看

---

① 牙买加一处风景优美的海湾，附近有同名城市。

　　　　穿越时空的下载者

着她心爱的人年复一年地躺在那里，她选择不跟随丈夫的脚步。说真的，谁能为此责怪她呢？在冷启动公司试图让外公完全复苏之后，他们又试着让另外 7 个人复苏，因为治疗他们所患绝症的方法也找到了……但没有一个人恢复意识。

冷启动公司的竞争对手也试图复苏那些"冰尸"——媒体是如此称呼的。除一人的身体没有完全复苏以外，那些曾经"死去"的人确实恢复了生理活动，但他们也都从未苏醒。

最终，外公复苏的身体单纯由于衰老而停止了生理活动，那具躯壳里似乎根本没有可以放弃生存的灵魂。他在 2056 年去世，享年 95 岁。在过去的四分之一个世纪里，他只是静静地躺在那里，对外界毫无反应，那样子简直比死亡更糟糕。

最终，科学家们弄清楚了为什么那些人体冷冻公司无法唤醒任何被冷冻的人。冷启动公司和他们的同行假设身体和思维都可以被冷冻，并在解冻后焕然一新。可当他们还在对自己的技术精益求精，企图逃避死神之际，其他机构逐渐证实了一件从 20 世纪 80 年代以来就有人①怀疑的事情：尽管中枢神经系统的自主部分完全遵循经典物理学的规律，但意

---

① 指物理学家罗杰·彭罗斯等人。

识——能反思自我的内在精神——是量子力学下微观粒子相互作用的产物，而它也和典型的量子效应一样有个天敌——退相干。几天后量子态就会崩溃，曾经存在的意识随之摧毁，人们尝试过的任何方法都无法使之再生。所有那些被冷冻的人到头来还不如干脆给自己买块墓地下葬，后者花的钱还更少，因为他们已经死了，消失了，永远离开这个世界了。

与罗斯科·库杜利安的交谈记录

又要问问题？天哪，我以为我已经摆脱了这一切。至少你不是一个敌对的检察官，只想着要把人关起来的那种。或者也许你是？说真的，为什么我应该相信你说你不会对我们进行评判？每个人都会评判他人。那是人的本性——嗯，我猜你们的天性也不会有什么不同，对吧？

不回应？好吧，就这样吧。你难道不打算问问我为什么入狱吗？当人们听说你曾经坐过牢时，这是每个人都想知道的事。"真的吗？"他们会说，向后退一步，四处寻找最近的逃生路线，"你是因为什么入狱的？"

嗯，我会告诉你的。我杀了人。一个在社交媒体上折磨我、藏在化名之后的卑鄙的混蛋。这混蛋以为我永远不会知道他到底是谁。这种把戏太容易破解了。我只需要等待他的评论中出现某个独特的表述。最终，他在 Facebook 上说我是"智人的耻辱"，但他拼错了代表"智"的词①，甚至自动拼写检查器也不知道他想说什么。不是什么"字母 I 总会在字母 C 之前"的常见错误②，甚至他就没写字母 I。不，他写成了 S-A-Y-P-E-U-N-S。于是我跑到城市广场网③，把这个拼写放进搜索框，看看有没有人用过，天哪，我的下巴差点儿没掉下来。

他的大名赫然入目，这回不是化名了——米奇·奥尔德肖特，我童年时欺凌我的主犯，当年他住在西拉斐特的隔壁街。这家伙成年后找到了我，决定继续通过折磨我来获得快感，我猜。他是个懦夫，藏在一个假名之后。我可以把他拉黑，但他会用另一个名字注册再回来，一个接一个地换。

无论如何，现在我终于知道他是谁，要找到他住的地方

① 该词拼写应为 sapiens。
② 英美民间流行的一种拼写记忆规则，但它是错误的。
③ 美国同城信息网站。

很容易。他不再住在印第安纳州，我也不住在那里了。这个混蛋住在波士顿，而我在布法罗，但不久我的生意就带我去了波士顿。

我在机场租了辆车——一辆完全自驾驶的车——我一路上看着新闻。我不记得具体的日期，但那是 2057 年 5 月还是 6 月的一个周六下午。你可以通过我当时看到的新闻报道来确定，我想。我记得报道了有关佛罗里达州政变的一些事情，还有火星殖民地关于隐私公投的结果 ①。

车完美地停在了奥尔德肖特家外面的街道上。我的计划——虽然不完善——是走上去按他家的门铃。我真的不知道他会不会为我打开门，他可以通过门口的摄像头看到是谁。可当我到达时，他显然刚刚割完草，正在把割草机放回车库，车库的门已经打开了。我几乎有点儿佩服他，居然自己干这种家务活，而不是让机器人来。

我尾随他进入车库，割草机的轮子在地板上的声音掩盖了我的脚步声。我按下了墙上的按钮，我猜那是车库门开关。果然，可折叠门开始下降。

奥尔德肖特转身，吓了一跳。"什么东西？"他说。然

---

① 均为作者虚构的未来政治事件。

后他看到了和他在一起的人。"库杜利安？"他结结巴巴地说。他知道我的样子，他看过我所有放到网上的照片——我和我两只边境牧羊犬的合影、我和女儿一起度周末的照片、我给女儿的棒球队当教练的照片。

"奥尔德肖特。"我的回应只是为了确保他明白我已经知道了他的身份。时间无疑已经让强弱易势：现在我比他高 5 英寸①，体重比他多 30 磅②，而且全都是肌肉。

我们相互看着。此刻他脸上满是恐惧，而我脸上，我想应该是愤怒和决心。在我左边有一扇门，我猜是通向主屋的。我迅速移动，挡在他和门之间。

"你……你想要干什么？"奥尔德肖特结结巴巴地说。

我想说，我想要做最美妙的事。我想说，这件事就像好酒，陈年后味道更佳。我还想说，我要跟你结清恩怨，但我说出口的只是："把你打个屁滚尿流。"

他举起手做了一个"冷静，伙计"的手势，丢开割草机，开始向后退去。我很高兴他的车现在不在车库里。这给了我们一片比拳击台还大的竞技场，有足够的空间给他应得的一

———————

① 1 英寸约为 2.54 厘米。
② 1 磅约为 454 克。

顿好打。

"听着，嗯，罗斯科，"他说，"我从来没有——"

"从来没有什么？从来没有想要让我的生活成为地狱？从我4岁开始，老天！每天都打我，为了什么？因为我有时穿着件《星际迷航》电影的T恤？因为我有一只眼睛弱视？因为我是左撇子？"

我向他迈出一步，然后又一步。"我曾经想知道是什么让一个人变成你这样，其他一些孩子说是因为你父亲打你。每个人都知道他是个酒鬼，所以也许他打过你。当你自己还是个孩子的时候，那还能拿它当个理由——如果它能算是理由的话。30年后，你又找上了我。为什么？该死的。"

他沉默了，但仍在慢慢朝后方的车库后墙退去。后墙部分被电动充电桩和一块挂着园艺工具的洞洞板①所覆盖。

"为什么？"我再次追问。

"你真是个懦夫，库杜利安。"他又拿出了童年时代他最喜欢的侮辱用语。

这就是导火索。我冲了过去。他向一边闪开，但我抓住了他的手臂，把他扭过身，猛地撞到了后墙上。"别用那个

———————————

① 一种壁板，上面打有大量圆孔，可以将工具挂在孔洞中。

词叫我，"我咬牙切齿地说，"你胆敢再用那个词叫我。"

我把他往前一拉，又猛地推到后墙上。然后我再度把他拉起，这时我看到他后脑撞到墙上的位置留下了一片血迹。

"为什么？"我低声吼道，"这么多年过去了，为什么又要找上我？"

他把头转向左边，盯着房门，却不说话。

我再次把他撞到墙上，那片血渍犹如罗夏测试的墨迹，变得更大了。他抬起膝盖攻击我的下体——他以前殴打我时就经常这么干。我扭动身体躲开，他利用这个机会逃走，但我成功地将他绊倒在地，让他面部朝下摔在了车库地板上。几秒钟之内，我就站到了他的上方，踢了他一脚。我再次追问："为什么？"

他蜷缩成胎儿般的姿势，只发出几声咕哝。我又踢了他一脚。"为什么？"

"因为……"他在喘息间说道，"因为当我在网上找到你时——本来只是出于好奇，想看看你变成了什么样子，仅此而已——你正在网上发布各式各样的左翼言论，所以——"

"你因为政见问题折磨我？"

"像你这样的滥好人几十年来一直在渐渐毁掉美国。我不能让你毒害你女儿的思想。"

接下来发生的事情，就像他们总是说的那样，一片模糊。我记得自己转身，走了几步，从洞洞板上拿了一把园艺剪。当我拿到它时，奥尔德肖特已经站了起来。他冲向车库门的开关，猛地用手掌拍了上去。

我用身体撞向他，门开始向上升起，我把他转过来，让他面对着我——

是的，下面那部分我记不清楚，但我猜法医团队是对的。当时发生的事情可能确实是这样——

我打开园艺剪，用其中一半刀片横向插入了他胸膛正中间。然后我把刀片拔了出来，他站在那里不动了，只靠慢慢上升的车库门支撑着身体。他的嘴张成了一个惊讶的圆，鲜血涌了出来。

然后，仿佛过了很久很久，门的折叠面经过他头顶，他朝后摔倒在车道上……就在此时，一个正在遛贵宾犬的女人从外面的街边走过。我呆呆地站在那里，而她拿出了手机。她肯定是打 911 了，因为很快我听到了尖锐刺耳的警笛声。

与利蒂希娅·加维船长的交谈记录

是的，冷启动公司及其竞争对手可以冷冻一具身体，但他们无法保存意识。在我外公被冷冻的那么多年里，他连梦都做不了，他曾经的一切都永远消失了。

这并不妨碍我梦见他，在我的地宫里，他经常和我在一起。当然，那只是一个模拟，也许并不完全像本人。嗯，从外表上看倒是很像。我看过足够多的照片和家庭录像，因此可以准确地表现出这类细节。我想外公肯定也像我们其他人一样有缺点和怪癖，但在我的虚拟现实中，他是完美的。他是我一直想成为的那种人：坚强不屈、足智多谋、大胆无畏。在我的地宫里，我们一起冒险。我可以重温他当年的维和经历，躲避导弹和地雷。我还能和他一起在 1990 年前往开普敦，与曼德拉并肩游行。虽然在现实生活中，当时癌症已经让外公的行动变得迟缓，他似乎只是勉强从一个白人暴力团伙的袭击中幸存下来；但在我的版本中，我和他一起在那里——他、曼德拉，还有其他所有人——打败敌人，流芳百世。

当然，我的外公并不是唯一想要欺骗死神的人。虽然对他来说为时已晚，但其他和人体冬眠相互竞争的永生之路逐渐开始有所进展。最终，将意识扫描并上传到计算机的概念从科幻小说——也就是基于我们实际所知的合理推断——变成了科学事实。直接对思维进行数字扫描的尝试仍然一无所获，但利用量子纠缠在量子计算机内生成一个精确副本的做法取得了成功。

最初创造出的大多数量子副本都疯了。为什么？因为在量子计算机内，这些副本什么都看不到，也什么都做不了。它们存在，但没有感官输入，没有它们可以生活的世界，没有它们可以移动的空间。

尝试的第一个解决方案是将量子计算机的时钟速度减慢到零。其背后的理念是存储思想的快照，让它们不经历任何时间流逝。结果与冷冻大脑一样，没有任何一个自我意识能重新启动。事实证明，你必须让意识持续运行——这意味着你必须让它保持理智，而这意味着你必须在量子计算机内建立一个虚拟现实环境，让它可以感觉、思考和互动。

将身体存储在冰点温度以下，将思想存储在量子计算机中，并在未来的某个时刻将它们重新结合。这不仅对于那些设法战胜死亡的人，比如我的外公，而且对像尤尔根和我一样计划进行为期几个世纪的星际旅行的航天员来说，都是一个完美的解决方案。

然而，该死的，我们遇到了大问题，大得可怕的问题。

第 2 章
意识下载

与罗斯科·库杜利安的交谈记录

　　自动驾驶汽车有一点特别糟糕：虽然各州的法律有所不同，但在当年的马萨诸塞州，警方可以从总部发送信号，阻止某一区域内的所有自动驾驶汽车启动。在那位路过的女士报案之后，警方随即就使出了这招。她说她看到车库门升起，米奇·奥尔德肖特的尸体从车库里倒向外边，而我手里拿着血淋淋的园艺剪站在那里。

我想用来逃跑的汽车就跟米奇·奥尔德肖特一样，一动不动了。当然，我试图夺路而逃，但波士顿警方能毫不费力地用街头监控摄像头追踪到我。于是我在离犯罪现场大约三个街区处就中了电击枪，被逮捕了。

在最终审判中，谋杀罪行的事实非常明了——那位女士用手机拍摄了奥尔德肖特死后所发生的一切。让陪审团犹豫不决的关键问题在于，我有没有预谋杀害他。我没有携带武器出现在他的住所，这与认为我有所预谋的观点是相悖的。我追查他的身份，前往波士顿，专门去和他见面，并至少对他抱有攻击意图，这些都支持有预谋的观点。至于谋杀凶器只是那把随手抓到的园艺剪，这点无关紧要——那个混蛋检察官如此断言。

最后，陪审团站在了州政府一边。我被判一级谋杀罪，刑期 50 年，35 年内不得假释。

35 年。在我受审期间，我的女儿度过了 8 岁生日。等我出狱时，她已经 43 岁了，多半有了自己的孩子——我的外孙、外孙女。

我的律师帕德玛·乔普拉说她会申请上诉，但不管人们是怎么说的，你并不会自动获得另一次机会。除非你的律师证明法官犯了严重错误，也许是对他们应该支持的异议做出了否定裁决，也许是给了陪审团错误的法律建议，否则你是得不到申诉机会的——我就没有。

我原本以为自己会被押送到州监狱，但之后发生了一些古怪的事情。我没被送到监狱，倒是跟帕德玛一起被带到了马萨诸塞州惩教署署长斯特拉·罗森的办公室。"50年艰难岁月啊。"罗森说道，当时我正坐在椅子上，就在她整洁的橡木桌对面。

"也可能是35年，"我反驳道，"如果我获得假释的话。"

她在自己的转椅上往后一靠，十指交叉放到她花白的短发后面："对，对。为了方便讨论，我们姑且假设你会的。"

"我非常有把握。"我说。

"你听说过那些要前往半人马座比邻星的航天员吧？"罗森问道。这是个"不合逻辑的推论"——这个术语是我从《星际迷航》中学到的——非常不合逻辑。

"嗯，当然。"

"他们准备将自己冷冻起来，让身体在500年的旅程中处于冬眠状态。他们会将意识上传到一台留在地球上的量子计算机里，没错吧？"

"我想是的。"

"嗯，"她继续说道，"我们参与了一个类似的国际试点项目，虽然在我们这个项目中，没人会去别的什么地方。我们可以不把囚犯关进监狱，而是给他们另一个机会：把身体冷冻起来，同时上传意识，直到刑期结束。现在我向你和乔普拉女士提供这个机会。"

我可以肯定自己当时目瞪口呆："我为什么要参加这么荒唐的计划？"

"嗯，首先，虚拟现实的设施比真的牢房要好得多。其次，你会待在你自己的'地宫'中，那些人是这么称呼那地方的。那是一个属于你自己的独立环境。和你互动的每个人都是模拟程序，而不是真正的人。不需要担心狱内欺凌、强奸或者其他类似的问题。"

"看看我，"我说，"我看起来像是需要担心欺凌的人吗？"

"你曾经是，不是吗？那也正是你被送到这里的原因。有很多人进监狱时以为他们会成为'老大'，最后却变得身心残破——多得你难以置信。是的，你是个杀人犯，但你不是职业罪犯。你根本不知道那些混蛋能有多歹毒。"

"没兴趣。"我说。

"等等，让我说完。如果你同意参与，你的刑期将减少到 20 年——对你而言，这比获得假释更好。我们希望这次先导性研究的全体研究对象一起进入他们各自的虚拟监狱，也一起离开。这样我们就可以将他们作为一个群体来研究。

"真正的好处在于，我们会让保存你意识的量子计算机以正常速度的 24 倍运行。是的，你会感觉到 20 年过去了——有足够的时间反省你所犯下的罪行，我们会确保你作出反省——但外面的世界，只过去了 10 个月。"

"10 个月。"我轻声重复。

"没错，在这段时间里，你被冷冻的身体一天也不会变老。你出狱时不会是个老头，而依旧是个三十多岁的健壮汉子。"

我想到了我的女儿安娜贝尔。我可以赶在她 10 岁之前服完我的刑期出狱。与其让她在几十年里不得不听别人说她的父亲是个恶棍，而我却没法给她个解释，我更乐意在她的成长过程中陪在她的身旁。她在童子军的第一天、初中的第一天、她的第一次约会……到时候，那个男孩最好按时把她送回家！

我的律师帕德玛开了口。让我吃惊的是，她居然对这个专业领域有所了解："我不觉得你们可以让虚拟现实加速那么多倍，同时还能保持高分辨率的渲染。"

"啊，是的，"罗森说，"你说得对，沉浸式计算机虚拟现实程序运行的时钟速度通常比正常速度更慢，而不是更快。那是因为用户可能会突然决定改换地点，比如说换到马达加斯加的森林，然后所有一切都必须从头开始渲染，这需要大量的时间和资源处理。我们项目针对的人是被剥夺了行动自由的。我们只需要虚拟一个不变的牢房和其他几个地方，而这些我们都已经做好了高清晰度的渲染。在我们需求有限的情况下，加速系统时钟完全没问题。"

　　"别扯那些了，"我说，"我不明白你们为什么要这样做。这对州政府有什么好处？"

　　罗森向前倾身："简单的经济学问题。比起监禁一个人几十年，这样做的成本就是一丁点儿。不需要食物，不需要监狱警卫，而且我手下的犯罪学家相信，通过这一过程更有可能得到一个改过自新的刑满释放人员。"

　　"有什么风险？"帕德玛问道。

　　"一位专家会带你和你的客户走一遍详尽的知情同意程序。然后，是的，总会有可能出问题。话虽如此，在这个过程中死亡的概率要比在 35 年监禁期间死于暴力事件的概率低 25%，并且，在被冷冻 10 个月后死于衰老的概率为零。"

　　"我得考虑一下。"我说。

那女人笑了，但那是个毫无欢欣之情的假笑。"当然。我们可以让你搬到锡达章克申监狱①里，直到你做出决定为止。"

这就是我面临的两个选择：直奔一所州立监狱，或者试试这个疯狂的计划。没有能让我回家、再多拥抱一次安娜贝尔、在自家床上多睡一晚的第三方案。

我看了看帕德玛，她举起双手，示意"由你决定"。于是我转身面对罗森，"好吧，算我一个。"我说道。

与尤尔根·哈斯医生的交谈记录

我们上次说到哪儿了？哦，对了。你问我什么时候意识到事情大大不妙了。嗯，就像我说的：我们站在尼亚加拉河岸边，我那精彩绝伦的冲浪表演让我闪闪发光，利蒂希娅则嫌恶地望着我。

她让我多穿几件衣服——她不怎么懂风趣——所以我用想象让自己穿上了我上传意识前惯常的着装：网球鞋、深褐

---

① 马萨诸塞州的重刑犯监狱。

色牛仔裤和印有花卉图案的橙色夏威夷衬衫。

那正是表明有什么出了问题的第一个迹象，明白吗？不知怎么回事，我面前这个一板一眼的女人是真正的利蒂希娅，而不是我用想象构建出的化身。"你到底是怎么进来的？"我质问道。

"你是说你的私人地宫？尤尔根，我可不仅仅是个花瓶，虽然你似乎不这么认为。我是负责这项太空任务的飞船船长，记起来了没？我有其他人没有的访问权限。幸亏如此，因为现在出了大问题。"

"什么问题？"

"你知道今天是什么日子吗？"

我觉得我有 1/7 的机会猜对："周二。"

"不，不。我是说日期——外面世界的实际日期。"

"呃，我猜现在……是 2540 年左右，对吧？"

她摇了摇头，为我丝毫没留意日历而感到震惊："是 2548 年 2 月 14 日。"

"哦！原来你想在情人节和我见面！"

她眉头大皱："不，蠢货。按照任务日程表，在这一天，我们将开始最后一段接近半人马座比邻星 b 的旅程，而我应该去检查外部摄像头，确保我们可以安全地向下发射我们的着陆舱，对吧？"

"对。然后呢？"

"然后，你知道摄像头显示出了什么吗？又圆又大，跟你那肥屁股似的。"

我摇了摇头。

她朝着上方某处指去："那个。"

我转头看去，只见一捧美丽而圆满的银光。"一颗卫星？"我问。

"不是一颗普通的卫星，"她答道，"是月球。我们的月球——月亮。"

"我们的月球怎么会跑到了半人马座比邻星？"

她看着我的样子就像是在看着一个白痴："它没有。我们压根没到比邻星。有趣的是，月球比地球更容易辨认，有云层让地球的地貌特征模糊不清。当我第一眼看到地球时，我还以为我看到的是比邻星 b——等待着我们的美丽的理想家园——但月球不会被搞混。那不是像你这里虚造的月亮一样的满月。我观察了一小时，可以看到它明显变得越来越圆。静海和澄海清晰可辨，更不用说第谷环形山和它周围的辐射纹了。毫无疑问，我们的星际飞船仍然在环绕地球的轨道上。"

"那不可能。"我说。

"但事实如此！事实就是如此。我们非但没有即将抵达另一个星球，甚至还没有开始我们的旅程。我们虚度了五个世纪，哪儿都没去。"

"天哪！"我说。

"这还不是最糟糕的。我的意思是，如果问题仅仅是这样，我可以点燃'欢乐之星号'①的引擎，然后启程出发。没错，那就还得再过四年的主观时间，我们才能到达半人马座比邻星，但那又如何？我们的身体又不会衰老。"

我觉得这听起来很不错，我一直玩得很开心。"很好。"

"不，情况很不好，因为我又连上了飞船内部的摄像头，然后检查了冬眠舱。你猜怎么着？那里头是空的。我们的冬眠棺压根没被装上飞船。"

"那它们在哪儿？我们的身体在哪儿？"

"谁知道？有一个办法可以搞清楚。如果我不干预的话，原定的任务流程将会安排你和我在大约两小时后重新灵肉合一——身体复苏，意识重新下载到其中。"

作为"欢乐之星号"上的首席医疗官，我确实是应该和

---

① 该飞船名原文来自南岛语系，为夏威夷人对大角星的称呼。

船长一起复苏，以防其他人的自动复苏过程出现问题。"你试过联系任务控制中心吗？"我问。

"当然。没有回应。事实上，我无法检测到任何无线电信号。"

"那么是'欢乐之星号'的通信系统坏掉了。"我说。我更愿意提出这种可能性，而不愿提起在我心中翻腾的那些更黑暗的可能性。

"显然，"利蒂希娅说，"所以，你愿意冒这个险吗？就像我刚才说的，我可以阻止你的意识下载，但得有一名医生陪同。"

我肯定是皱起了眉头。五个世纪里可以发生很多事情。如果我们被下载到一个糟糕的环境里，完全有可能不存在可以再次将我们的意识上传的设备。我喜欢我的私人地宫，我已经习惯了这里的生活。我想，这就是为什么我没有时刻注意日期——我并不期待抵达目的地。是的，我曾经全力奋斗，只为能入选前往半人马座比邻星的任务——成为地球第一艘星际飞船联合国太空飞船"欢乐之星号"的首席医疗官——但那是好多年前的事了。

我们船上的 24 个人都有个共同点。我们在现实世界已经没有亲朋好友，这也是我们愿意前往半人马座比邻星建立殖民地的原因之一。我们压根没打算再度踏足地球。如今，在被冷冻了五百年后，如果我们再度踏上地表，多半会被人当作过时的怪胎——就像那些跟冷启动公司签约的可怜虫，他们如果被复苏，也会是一样的下场。

我站在原地看着利蒂希娅，对咆哮的尼亚加拉河和夜色渐渐感到了厌倦，于是轻弹虚拟的手指，把我们转移到了一片宁静的秋林中，脚下是一片厚厚的枫叶毯，红、黄、橙三色交织。我可以随意召唤出无数真实的或虚构的场所，这里只是其中之一——只要我还身处此地就可以。如果我的意识下载了，我所有的超能力都会消失无踪。

"你知道吗？"我说，"我想选择放弃。"利蒂希娅张口欲言，我抬起一只手示意她稍候。"听着，"我继续说道，"无论我们在哪里，我们眼下都没有危险。如果是休眠设备或量子计算机出了问题，那问题早就爆发了。眼下，我觉得我们的其他船员都很开心，就像几分钟前的我一样。假如半人马座任务出于某种原因被中止了，那把我们当中的任何人从我们各自的天堂当中扯出来又有什么意义？"

"好吧，我还是会下载的，"利蒂希娅坚定地说道，"天堂当然很好——我的地宫里有很多马可以骑，还有等待开垦的新土地，更不用说许许多多的亲朋好友了——但我有责任搞清楚问题出在哪里。不过，行，如果你不愿意的话，我会找张医生，换他跟我一起。"

我有点儿喜欢这个想法：张，那个混蛋，被剥夺了他的天堂，也不知道那地方会有多么堕落。利蒂希娅正看着我，脸上的失望显而易见。她没从任何出口走出去，也没有在身后砰的一声带上门。她只是噗的一下就消失了。

我站在枯枝交错的树冠下，四周满是燃烧般的落叶。我虚拟的心脏在激烈跳动，虚拟的肚子里沉甸甸的。倒不是因为我胆小，我知道，我确实签下了要完成工作的合同，但是……

突然，噗的一声，她又回来了，仍是双臂环抱在胸前。"你到了半人马座比邻星也打算这样做事吗？"她质问道，"一旦遇到问题就爬回你的地宫里？我心目中的尤尔根可不是这种人。"

这话戳痛了我，但她确实没说错，我心目中的那个尤尔根也不是这样的。天堂，似乎会改变一个人……把他变成某个或许比以前要差劲一点儿的家伙。我考虑了一段时间，然后说出了那句我从未想过会说出的话语："计算机，结束程序。"原始森林消失了，只剩下我的化身和利蒂希娅的化身，飘浮在广袤无垠的灰色虚空中。周围空无一物，我猜一个瞎子给自己想象出来的生活环境就会是这样。

"好吧，"我最后说道，"好吧，让那些都见鬼去吧。让我们去搞清我们到底在哪儿。"

与利蒂希娅·加维船长的交谈记录

是的，确实，我明白。这个时间的问题可能令人困惑。让我解释一下。你看，在我们的旅途中压根就不用考虑相对论时间膨胀效应，"欢乐之星号"星际飞船的最大速度只有光速的 1% 左右。我们在量子计算机内体验到的时间流逝与外界之间的差异完全源自计算机时钟，它的运行速度只有正常速度的 1/120。"外面 1 年，此地 3 天"，明白了吗？好让我们的星际旅程感觉上像是只过去了 4 年，可堪承受，而不是 5 个世纪。

是的，我们的意识按计划就该始终留在地球上，与在充满辐射的长途太空旅行中相比，在这里发生退相干的可能性要小得多。即使粒子间相隔无限远的距离，量子纠缠也会瞬间发生作用，所以一旦飞船抵达半人马座比邻星，我们的意识没理由不能与我们的身体在船上重聚。

现在所有这些可能都已毫无意义了：既然我们的身体没有被装载到"欢乐之星号"上，那么它们多半仍然在原地，在我们坚实的大地①上。显然，出现了严重的差错。我暗自为最坏的情况做好心理准备，无论我和尤尔根将遇到什么情况，我都做好了准备。

前提是，身体复苏和意识下载成功的话。尤尔根那套在尼亚加拉大瀑布上冲浪的把戏与此相比不值一提。即将来临的才是真正的难关。

加热冰冻的躯壳，重新注入血液，再进行除颤，这些大约需要20分钟——但那是现实世界的时长。对我们而言，这20分钟只是一晃而过的10秒。

然后自动下载开始了。虽然我们的虚拟形象呈现出了全身，但那只是对被完整保存在这台量子计算机内的意识的装饰而已。尽管我们的意识从这里回到我们现在复苏的身体中时所出现的视觉效果都只是某些早已逝去的程序员玩的花活儿，但尤尔根从脚部开始向上消失的样子看起来还挺酷的，我估计同样的事情也正发生在我自己身上。很快，他的腿全

①原文为拉丁文，本指威尼斯的陆地部分，后作为地球或陆地的修辞性说法。

都消失了，然后是他的下半身——我觉得，没了那部分倒会让他的智力有所增益——接下来是他的上半身，再然后……

就这样，我又回到了一副真实的有血有肉的身体中，仰望着一个真实的天花板，上面有真实的 LED 灯具。我感到身上痒痒的，头痛，背也痛，嗓子干，光线刺痛了我的眼睛。哦，天哪，这感觉太美妙了。

与尤尔根·哈斯医生的交谈记录

利蒂希娅跟我本该同时被下载到各自复苏的身体当中，但我猜我的意识转移开始得比她要早那么几分之一秒的主观时间——由于量子计算机的时钟走得慢，这就意味着我在现实世界醒来的时间比她早了几分钟。

我的冬眠棺已经打开了，这是件好事——如果意识被转移过来后，发现周围漆黑一片，身处一个封闭容器之中，那感觉肯定会可怕得要命。我身体上有四个外科手术连接口：每条股动脉和颈动脉上分别有一个。抗凝剂已经通过这些接口被抽走，先前存放在冬眠棺底部储液器中的我自己的血液已经被泵回了体内。我拔掉了插在这些接口中的软管，心里纳闷为什么没有医护人员来给我做这事。

我在那躺了一段时间，心里有种强烈的失落感——仿佛我刚刚被骗走了我所珍视的一切。我几乎有些怕坐起来，害怕那样会看到更多的……这个平庸乏味的所谓现实。最后我还是坐起身来。

我觉得头晕，眼前好像蒙上了一层白雾，就像太快站起来时一样，尽管我还坐着。我已经很久没有头痛了，也没有其他任何疼痛——我在地宫的时候从没有任何痛感。

我很快就辨认出了周围的环境——量子人体冬眠研究所里的冬眠间。利蒂希娅是对的，我们的身体哪儿都没去，它们仍然在地球上。房间里没有窗户，但灯是亮着的。我有些好奇，它们在过去的五个世纪一直亮着吗？还是对我的复苏流程作出响应，刚刚才亮起来？

五个世纪。

过去的真是五个世纪吗？当然，按照计划应该是，但……

"你好，哈斯医生。"一个男声响起。我的心咯噔一跳——一颗真实的、搏动着的、在推动血液循环的心脏。我转头看去，在我冬眠棺的一边，有一台矮胖的机器人，它有着黑色的履带、蒸汽朋克风的四方躯体和砖块状的脑袋。

我过了一会儿才记起它的名字："佩诺隆？"

"是的，正是。"机器人用正面那对玻璃眼睛盯着我答道。"我知道看医生可能需要很长时间，"它继续说道，"但你不觉得让我等了五百年实在有点过分吗？"

时间可以确定了。为保万无一失，我还是问了下佩诺隆现在的日期。它的回答和利蒂希娅之前说过的一样："2548年2月14日。"然后还加了一句："情人节快乐。"虽然现在这话听起来没之前我说同一句话时那么有趣。

佩诺隆曾经是监督我们生命功能暂停和冷冻身体的医护团队的助手。我本想要问问团队负责人梅甘怎么样了，但转念一想，她肯定早已去世了。尽管如此，我还是脱口问道："大家都在哪儿？"

"我不知道，"佩诺隆答道，"你们被全部冷冻之后，我就让自己停止了运行，直到现在可能再次需要我的时候才启动。"

"哈，"我说，"一个机器人版的瑞普·凡·温克尔①。"墙上的时钟显示着8：42，但我不知道是上午还是下午。

---

① 出自美国知名作家华盛顿·欧文（1783—1859）的作品《瑞普·凡·温克尔》。温克尔在山中一觉醒来后发现山下已过去20年。

"来，"佩诺隆边说边转动履带，绕到了我冬眠棺的另一边，"让我帮你起来。"它比我矮得多，但它的机械臂很强壮，我用它们作支撑，爬到了冬眠棺外边，站了起来。我有些头晕目眩，靠着它站了一会儿。

当然了，我身上还是一丝不挂，但与在地宫不穿衣服时不同，我感到虚弱，无遮无掩——还有寒冷。我指了指冬眠棺末端的气密型私人物品锁柜。"我的衣服还在里面吗？"我问。

"我去看看。"佩诺隆说。我松开了它，用手扶着冬眠棺边缘。它走到锁柜旁——这玩意儿名不符实，因为实际上连个锁都没有——打开柜子，给我拿来了航天员连体服、内衣、袜子和鞋子。

我一面挣扎着应对现实世界才会有的穿衣窘境，比如我一个大脚趾指甲上的尖角勾住了袜子，一面说："加维船长应该很快就会苏醒。她在哪儿？"

冬眠棺摆成了四排，每套设备之间相距约两米。佩诺隆转动履带跑到了第一排，停在利蒂希娅的冬眠棺旁。"在这儿。"它说。

我依然站不稳身子，不得不一路扶着其他的冬眠棺朝它走去。就在我走到那边的时候，利蒂希娅的冬眠棺的金属盖子沿纵向左右分开，喷出一团寒冷的氮气，两半舱盖向下收入舱体两侧，露出了她被加热毯裹着的身体。

我想着要不要俯身到她头上，这样，当她睁开眼睛时，看到的第一个景象就会是我微笑的脸庞，但我决定还是算了。她应该和我一样有自己的私人时间来重新适应现实世界。我示意佩诺隆跟着我，一同走向她冬眠棺的末端，在那里我可以看到详细显示她复苏状况的状态面板。为了支撑身体，我屈起右肘，倚靠在佩诺隆的脑壳上。

很快，利蒂希娅开始动了。我往前走了一步，以备她需要帮助。她的状况比我好多了，很快就坐了起来。她向我挥了挥手，而佩诺隆则说："欢迎回来，加维船长。"

加热毯滑落下去，露出她赤裸的胴体——作为一个年已528岁的人，她看起来还真挺棒的——但她很快跟我一样，要求佩诺隆把她的衣服拿来。佩诺隆打开了她的私人物品锁柜，拿出了衣物。我得承认，看着她穿衣服时屈伸躯体的样子，我感觉挺享受的。她穿好衣物之后，环顾四周点了点头，多半是自觉事情不出意料；她肯定也认出了我们所在的地方。她随即睁大眼睛。"这到底是怎么回事？"她问道。

我转过身去，顺着她的视线看去，但一时看不出她所指的是什么。于是我问："什么？"

她的嗓音沙哑而干涩，但吐字清晰无误："为什么有两个冬眠棺开着？"

她说得没错。有一个是我的，还有一个第四排的冬眠棺也敞开着。按理来说没有人会在我们之前复苏。"天哪！"佩诺隆喊了一声，驶向那边查看情况。我也摇摇晃晃地走向那个冬眠棺。等走过去之后，我也轻声说了一句："我的天哪。"

这引起了利蒂希娅的注意。她跟我一样，尚且站立不稳，但只过了几秒钟，她就走到了佩诺隆和我身边。我们都盯着面前的东西呆住了。

那个冬眠棺并没有被打开。它是被砸坏的，它的盖子破了，里面有一具干瘪的尸体，头骨被砸碎了，大部分肉都被啃掉了，残余的面部已经不足以让我们认出这人是谁。

利蒂希娅看了看状态显示器上的名字："米哈伊尔·西多罗夫。"她的声音沙哑，是因为她的声带还在升温，还是因为情绪？我说不准。米哈伊尔是我们船上的机器人专家，负责管理事先装进"欢乐之星号"货舱中的几十台机器人。如果我们成功抵达半人马座比邻星，这些机器人将帮助我们耕种农田，完成其他体力劳动或者危险的任务。

我抬起头，想看看是不是有东西从天花板上掉下来砸到了他的冬眠棺，但没有这种迹象。然后我低下脑袋，看到了一样东西———一根撬棍。很可能是有人用这玩意儿弄开了舱室，然后砸碎了他的头骨。

利蒂希娅显然和我一样震惊。"不算彻底的谋杀，对吧？"她说，"我的意思是，按理来说，米哈伊尔的意识仍然完整地保存在他自己的地宫中，但是……"

"他再也无法被下载到现实世界了。"我补充道。

"我们应该瞧瞧还有没有其他人遭到了破坏。"利蒂希娅说。佩诺隆陪着我检查了近处的两排，而利蒂希娅则去检查了更远的两排。其他的冬眠棺看起来都没问题。

"可怜的米哈伊尔已经死了好些年，"我说，"也许有几个世纪了。工作人员都死哪儿去了？"

"你知道吗？"利蒂希娅问佩诺隆。

"不知道。我刚刚还跟尤尔根说过，我也才醒。"

"我们去找出真相吧。"利蒂希娅说完就迈步向前——以猛将的气势稳住了些许趔趄的身子——大步走向通往冬眠间外的大门。我跟在她身后，佩诺隆则跟着我。我们来到一条空荡荡的芹菜色走廊。距离我们上次来到这里，主观上已经过去了四年。我猜我俩现在都搞不清方向了。"电梯在哪儿？"她问。

"这边走。"佩诺隆说，它在我们前面滚动着履带引路。我记得我们是在二楼，但佩诺隆不能使用楼梯。所以我们三个等电梯到达后，一并挤了进去。

我们在一楼出了电梯，但还必须通过一道类似气闸的设施才能进入大厅。整栋建筑是一系列相互连接的法拉第笼，墙壁中埋有导电材料做的网格，以防止外界的电磁干扰导致量子计算机中发生退相干。

宽敞的大厅空无一人——但有像佩诺隆这样的机器人。我看到了另外两台同型机器人，尽管它们似乎对我们的存在漠不关心。

大楼入口是玻璃的，但照进来的阳光太耀眼，我们一时看不清外面的情况。直到我们靠近主推拉门旁边的落地窗时，才终于看到了真实的世界。

"我的天哪。"佩诺隆再次说道。我的脉搏狂跳起来，胃部肌肉痉挛。

外面全是被植物覆盖的废墟。混凝土板乱七八糟地斜堆着，被粗大的树根刺穿出一堆窟窿。有一些生锈的废铁堆，可能曾经是汽车吧，边上有几段残缺不全的沥青路面；还有建筑物的残骸，有些已完全崩坏，有些屋顶坍塌，大多数窗户已被打碎。视野中一个人都没有。

有一阵子我们谁都没出声，然后利蒂希娅轻声说道："我想，我们都会对米哈伊尔·西多罗夫有些羡慕。至少他再也不必回到这样的地方。"

第 3 章
世界末日

与罗斯科·库杜利安的交谈记录

在我同意加入在冷冻休眠状态下服刑这个疯狂计划之前，马萨诸塞州惩教署署长斯特拉·罗森曾说过："是的，你会感觉到 20 年过去了——有足够的时间反省你所犯的罪行，我们会确保你作出反省——但在外面的世界，只过去了10 个月。"

当时我还真没注意到她插入的那句"有足够的时间反省你的罪行，我们会确保你作出反省"。我更在意的是在不到1年的现实时间内出狱，那样我只会错过我女儿安娜贝尔的1个生日，而不是20个。

到头来，要确保我反省自己罪行的那部分才是他妈的关键。你看过《发条橙》吗？是的，没错，那是部很古老的电影，但像我这样的老电影迷都看过斯坦利·库布里克的所有电影。他的电影和希区柯克①、威尔斯②、科尔温③的一样，都是我们必刷的。在《发条橙》中，一个名叫亚历克斯的邪恶强奸犯被施以厌恶疗法。他的眼皮被用夹子撑开，被迫一直观看性暴力场景。我必须说，这情节太让人反胃了，《发条橙》因此成了唯一一部我只看过一次的库布里克的电影。

嗯，他们倒没对我照搬那套。主观时间上每周周三——我在狱中度过了一千多个那样的周三，周周如此——我都会被传送出我的虚拟牢房，被扔进另一个虚拟现实中。在那里，他们重现了2057年我面对童年时欺凌我的恶霸米

① 指英国、美国双国籍导演阿尔弗雷德·希区柯克（1899—1980）。
② 指美国著名导演奥逊·威尔斯（1915—1985）。
③ 指美国、爱尔兰双国籍导演詹姆斯·科尔温（1973— ）。

奇・奥尔德肖特的那一天，就在波士顿他家的车库里。虽然并没有关于谋杀本身的录像存留——那个正好带着贵宾犬路过的女人用她手机只拍到了随后发生的事情——但是，凭借我的证词和犯罪现场调查小组的重建，他们为那次，嗯，不幸事件，虚拟出了一个准确得让人痛苦的现场。

每次强迫我重温那个场景时，他们都会稍加变化。有时候我是以自己的视角在观看，就像是在第一人称射击游戏里那样。有时候是从奥尔德肖特的视角观看。还有些时候，我观看的角度就好像是我的眼球就在我捅进他胸口的园艺剪的刀尖上，穿过他的肋骨，然后插入他正在做最后一次跳动的心脏。

一遍一遍，反反复复。他们不需要像对待暴徒亚历克斯那样强行撑开我的眼睛。既然你本身就是个虚拟的化身，那么运行虚拟程序的人就可以随意控制你身体的各个部位。

对于亚历克斯，施刑者将他最喜欢的作曲家贝多芬的音乐叠加在他不得不看的视频中。他们没有给我放任何背景音乐，只有我和米奇打斗的声音：我们发出的低吼、身体之间的碰撞，以及一些被放大的声响——肉体被撕裂的声音、他心脏跳动与停止跳动的声音。

你说这些是酷刑？也许是吧。见鬼，还真的有效果。他们确实找到了平息我内心愤怒的方法。哦，我不是说如果再被激怒我不会反击，但随着一次又一次的重播，率先使用暴力的想法让我觉得越来越厌恶。

他们在我 20 年的虚拟刑期中，一直在对这套方法进行测试。话说回来，我也不是一个人在监狱，要那样才真是酷刑了。有一大批虚拟罪犯和我一起，而且我敢肯定，斯特拉和她的心理医生团队一直在外面的真实世界观察着我与其他罪犯之间的相处模式是如何演变的。

这些虚拟犯人显然是由某位对我富于同情的好人编程制作的。每个人都有罪，但也都有些减刑因素——糟糕的成长环境、无能的律师、导致犯罪必不可少的"高尚"理由。尽管程序员功力深厚，但随着岁月流逝，跟这些人的重复对话总会变得无聊。幸运的是，每过一段时间，他们当中就会有人获得假释，然后会有新的虚拟人接替离去的那个男人。

是的，那个男人。尽管这个虚拟出来的监狱如此先进，但依然把罪犯按照性别分开关押。如果你像我一样是个"直男"，并且 20 年都见不到一个女人，那么这段时间可真是相当漫长了。

不过，我必须说，在某种程度上，那些真正的监狱管理者，无论他们在外面的世界到底是谁，都很友善。我应该要在牢房度过 20 个主观年，对吧？嗯，显然，就在我被上传之前，他们让安娜贝尔的好朋友埃弗里戴上了一个随身摄像头，录下了俩人在几天内的活动经历——学校里的一天，之后有一场垒球比赛，还有一次周六的户外活动。

然后，某位好心人从中挑出了精彩的部分，剪辑出了 10 个视频片段，每段半小时。接着他们给运行虚拟世界的计算机编程，每周向我的地宫传送一个长达 30 分钟的珍宝——这里的"每周"是指外面的时间，意味着我在里面每隔 6 个月才会得到一个新视频。对新视频的盼望已经足以支撑我活下去，更何况在新视频送达之前，他们允许我随心所欲地重播旧视频。

安娜贝尔是这世上最可爱的小女孩。是的，是的，我有偏见，但这是真的，她是如此活泼、如此亲切、令人无比欢乐，她是我与达丽塔短暂婚姻中唯一的美好。我想拥抱她，拨乱她的黑发，和她玩接球游戏，辅导她做家庭作业。但我一样都做不到。我只能观看、倾听：她发出笑声的时候，我也欢笑；她在垒球比赛中击出一个全垒打时，我心中顿时充满了自豪；她在课堂上举起手来，正确地回答关于罗马数字的一个问题时，我看得目不转睛。然后，当视频结束时，我知道要过半年才能看到下一个，于是欢笑顿时变作哭泣。

●●

"爸爸，爸爸，看这个！看！我会后空翻！看到了
吗？看到了吗？我再来一次！看！酷吧？

"爸爸，你不在的时候我会很想念你的！别离开太
久，好吗？我爱你！"

●●

天哪，我好想她。我每天都在想念她。

我在监狱里是如何打发时间的？他们只让我们——我习
惯说"我们"，好像其他囚犯是真实的人一样，当然并不是。
总之吧，他们只让我们每周看一次电影，但阅读可以随意。
嗯，就像我说的，我喜欢老电影，而我最喜欢的电影之一就
是《马耳他之鹰》——鲍嘉 [1] 主演的那版。我也喜欢原作，
在服刑期间我读了六遍。约翰·休斯顿凭借逐字逐句把达希
尔·哈米特在书中所写的对话照搬到剧本，获得了奥斯卡最
佳改编剧本提名。在电影和小说中，邓迪警官怀疑萨姆·斯

[1] 指亨弗莱·鲍嘉（1899—1957），美国著名男演员，代表作有《马耳他
之鹰》《卡萨布兰卡》等。

佩德谋杀了自己的搭档，并对他这么说："你了解我，斯佩德。无论你做了还是没做，我都会秉公处理，并且尽量给你机会。"

"并且尽量给你机会。"就我所知，事情总是如此：你在与法律打交道时是轻松还是艰难，取决于掌权者的一时喜怒。我当时相信了斯特拉·罗森所说的话。她承诺，这段刑期对我来说会感觉像过了 20 年，但外面只会过去 10 个月。

如果实际时间过了 20 年，我从前所受的教育将完全过时；但在实际时间仅 10 个月的情况下，没有这种风险。尽管如此，按照判决，我必须接受职业培训。毕竟，我的雇主没有义务雇用一个被判有罪的杀人犯，也没有多少人乐意雇用一个这样的人。像我这样拥有硕士学位的暴力犯罪者并不多见——我拿的是低修业①工商管理硕士学位，侧重于销售和市场营销。我不禁笑了，我被判的刑期和攻读的学位一样，都不要求我离家太久。

至少他们是这么说的。

6 年，7 年，8 年。

---

① 一种线上完成部分课程的教育方式，因线下学习（修业）时间比传统课程少而得名。

为了在这一切结束之后不必费心去找工作，我学习了如何自己创办在线业务。不过这很简单，因此我有了很多时间去探索其他事物。我并未有意规划什么，却发现自己越来越倾向于社会学。我父亲曾是普渡大学的教授，他教的就是这个。他十分易怒，脾气暴躁——是啊，有其父必有其子，对吧？几乎任何事情都可能导致他从餐桌旁怒气冲冲地离开。他从来没和我谈论过他的工作或者其他任何事情。

　　10年，11年，12年。

　　米奇·奥尔德肖特从前打我的一个原因——说得好像他这样的恶棍做出劣行真的需要个理由似的——就是我父亲是一名知识分子，而他的父亲是名建筑工人。我想我应该庆幸自己的好运：我父亲只用他的言辞伤人，而奥尔德肖特的老爸可是会定期把他痛打一顿。

　　无论如何，我觉得，通过对这门让我父亲为之工作一生的学科进行学习，我可以对他多一些了解。我必须说，我读得越多，就发现它越有趣。从涂尔干、马克思和韦伯的年代开始，一直到当代，认为一个人可以理解大规模人群的行为，进而试图为他们规划更好的共同生活方式，这种理念一直都令人着迷。而更令我着迷的是为什么这些学富五车的男男女女提出的所有体系似乎都无济于事？人性到底是在哪里出了问题？

16 年，17 年，18 年。

终于，我迎来了那个神奇的日子——我的刑期结束的那一天，我将被扔回我复苏的身体的那一天，我将回家再次见到我的女儿安娜贝尔的那一天。

我期待着看到典狱长的虚拟形象出现并开始办理我的出狱手续，但他一直没有出现。我向我最亲近的狱警确认了一下，确保我不是看错了日期，可我当然没有。我等啊等啊，直到那天结束，我还是在该死的监狱里。

第二天早上点名的时候，我向负责的狱警抱怨——考虑到这里只有我一个真人，这仪式其实挺荒唐的——说我昨天就该被放出去了。

"我也这么觉得。"狱警说。

"你不能和典狱长说一声吗？"

"我会的。"他答道。

那一天又过去了——然后又一天，再一天。

"我都会秉公处理，并且尽量给你机会。"

该死的，我当初居然相信了他们！

21 年，22 年，23 年……

该死的老天。

与利蒂希娅·加维船长的交谈记录

尤尔根和我在大厅的窗户前盯着外面看了很长时间。毫无疑问，我们所在的地方正是加拿大安大略省滑铁卢市的量子人体冬眠研究所。滑铁卢市有众多量子科学研究设施，因此又被称为"量子谷"。这里就是其中之一。

我们所在的大楼状况良好，但外面的一切都已成废墟。不过我还是辨认出了那些残破不堪的建筑：左手边是原来的布利尼系统公司办公楼，它底层有家天好咖啡；挨着它的那栋高楼曾经是个豪华公寓。没有什么未来新修的建筑。这座城市肯定是在我们上传之后不久被摧毁的。

"你认为是核战争吗？"尤尔根问道。

我的第一个念头也是这个——在 21 世纪中叶长大的人都曾活在对此的恐惧中。我摇了摇头。"我不这么认为。否则，这栋建筑也应该遭到破坏。"我指了指外面，"那看起来像是被荒废了。就像是所有人都死光了，所以几个世纪都没人进行维护。"

尤尔根嗯了一声，"那么是瘟疫？"

"也许吧，"我回了他一声，然后转向佩诺隆，"为什么这栋建筑物还有电力和照明？"

"屋顶上铺满了太阳能电池板，"机器人说道，"我们的能源自给自足。当我们开始储存人们的躯体并上传意识时，法律就规定了这样的必要前提。庭院里有蓄水池用于收集雨水，然后将其送到地下室进行处理。还有，你可能已经注意到，虽然我在过去的 489 年里一直处于停机状态，但我的一些同类并没有。它们一直在进行必要的维护修理工作，让一切能继续正常运转。"

"外出是否安全？"

"我不知道，"佩诺隆说完指了指自己的履带，外面满是破碎的混凝土和茂密植被，在这样崎岖的地形上履带是无能为力的，"我从来没有出去过。"

"在出现问题后，不该有一台你这样的机器人立刻唤醒我们吗？"尤尔根问道。

佩诺隆把机械手放在它的中部，如果它有腿的话，那应该算是它的腰部。我一度以为这台机器会反驳说："你知道的，这世界不是以你们为中心的。"显然它的程序员并不是人类肢体语言的专家，因为它给出的回答是道歉而不是挑衅："抱歉，尤尔根。除了国际航天局联盟的联络员，没人有这样的权限。"

"联络员肯定在几个世纪前就死了。"尤尔根说。

"即便如此也是一样。"佩诺隆答道。

尤尔根恼火地哼了一声，但我只是点了点头。"好吧，"我说，"先做最重要的事，"我四下打量，但距离上次我来这里在主观上已经过了四年，"带我们去量子计算机操作中心。"

佩诺隆开始滚滚向前，尤尔根和我紧随其后。我们又搭上了先前那部电梯，然后小机器人带领我们沿着一条走廊来到了操作中心的金属双开折叠门前。机器人发出信号让门滑向两旁打开，室内的灯光也亮了起来。我们走了进去。

这房间看起来同 21 世纪 40 年代隐私权大暴乱以来的大多数计算机中心别无二致。这里没有与云空间连接的终端，所有的计算能力都来自本地；一个容量几乎无限的传统计算机可以被装进一个任意小的容器中。这里的计算机是些扁平的圆盘，大小和冰球差不多，那样子隐约还能让人联想起被它们取代了的老式数字助理①。

有一面墙上挂着个巨大的显示器，上面的图表显示着 24 个冬眠棺的状态。尤尔根和我的冬眠棺被正确地标示为"空"，米哈伊尔·西多罗夫的则亮起了一堆警示灯。其他 21 个冬眠棺上亮起的都是绿灯，表示它们在正常运行中。

①欧美一种老式微型随身计算机，功能和掌上计算机类似。

对面的墙大部分是窗户，可以俯瞰隔壁房间里的量子计算机。这些奇迹般的造物令摩尔定律也瞠乎其后。这里的量子计算机是个正四面体，表面是完美的银灰色镜面，机身占据了整个房间。

尤尔根站在我旁边，我俩默默凝望着它，望了好一阵子。那就是过去四年我们的意识所在，现在其他 22 个本应奔赴星际旅行的人的意识也仍然存在其中——包括不幸的米哈伊尔。这也是我们虚拟现实中每个比特——每一个量子比特——的信息所在，从尤尔根的尼亚加拉瀑布到我度过美好时光的牙买加、南非和喜马拉雅山，无一例外。我的面孔倒映在四面体的一个三角形侧面上，那副表情是我从未在自己的照片中见过的——毫无掩饰的、纯粹的敬畏之色。

我转身走向控制量子计算机时钟速度的工作台。那里的冰球是个可爱的蓝绿色圆盘。我坐下，在它的上表面轻轻敲了两下，引起它的注意，然后说："登录：利蒂希娅·加维。"

"你好，利蒂希娅，"冰球回应道，"好久不见。"

"我想要将量子计算机的系统时钟重新设定为……"

"撤销指令。"佩诺隆说。我转身面对机器人。它继续说道："我不能让你这样乱来。如果系统时钟出现故障，所有存储在计算机内的意识可能会全部退相干。"

我吐出一口长气。佩诺隆站在那里，机械手软塌塌地垂在碳纤维肩膀下方——肢体语言再次完全错误，和它试图展示出的那种公然与人类对抗的态度完全不符。

"佩诺隆，"我按捺住自己的怒气说道，"现在显然是出问题了。尤尔根和我就是为了这个问题才从停滞状态中醒来的。你必须让我这么做。"

"抱歉，女士，"机器人说，"但我不能允许这种行为发生。"

"你肯定清楚，这个设施已经被废弃了。"

"即便如此也是一样。"佩诺隆又搬出了这句。

"听着，"我说，"我需要联系其他航天员。他们所在的量子计算机运行速度只有正常速度的1/120。我1分钟内说的话对他们来说会在半秒钟内一晃而过；或者反过来，他们的1分钟在我这边会被拉长到2小时。这种情况下我是无法与他们交流的。"

"我理解你面对的困难，"机器人回答道，"但我不能让你——你在做什么？停下来！"

尤尔根显然已经忍无可忍了。他抓住小机器人的双肩，把它拎了起来。佩诺隆的履带嗡嗡作响，但只是徒劳。尤尔根带着佩诺隆朝操作中心外走去，不顾它还在不停地抗议：
"放下我！放下我！"我笑了。有时候，带上个"大马猴"
在身边确实是有好处的。我再次按下那个蓝绿色的冰球。"继
续，"我说，"我们刚才到哪了？"

与贾米拉·裴德胡里的交谈记录

稍微等一下啊，伙计！你真的希望我告诉你我知道的一
切吗？我可不可以问一下你打算用这些信息干些什么？

你说什么？抱歉，但你的口音我听起来有些困难。"只
是收集数据"，是吗？他们所有人都是这么说的！不，其他
人是不是直率地跟你交谈我一丁点儿都不在乎。我和他们不
一样。是的，我指的就是其他航天员。他们跟我不一样，基
本上都是些享乐主义的混蛋。

我的工作？我想，不妨直接告诉你那些在维基百科上可
以查到的内容好了——如果维基百科还存在的话。我是一名
天文学家，拥有剑桥大学天体物理学博士学位，专业是红矮
星研究。

对，正是如此：半人马座比邻星就是颗红矮星，这类恒

星是出了名的不稳定。他们要我一起去，表面上的理由就是这个，能明白吧？他们声称，在那里执行任务需要一位像我这样的科研工作者。

不，我想我不会告诉你我这么说是什么意思，除非你给我些回报—— 一点小小的对应报酬。告诉我，关于我们的任务性质，利蒂希娅和尤尔根都对你说了些什么。

啊，我明白了。那么，他们依旧说着那老一套的故事。不出所料啊。我猜你是相信那说法的，因为他们挂着特殊的头衔：加维船长和哈斯医生。

当然，我可没那么糊涂！那些全是扯淡。噢，当然，故事主干是正确的：星际飞船"欢乐之星号"从未离开过；还有，外头的世界经过了将近500年，而对我们航天员而言只过了4年而已。

那个趾高气扬的加维船长竟然不知道她的飞船压根没开始星际航行？扯犊子吧！

至于那场全球选拔，胜出者可以参与人类第一个前往其他恒星的任务？那只是个骗局，目的是让我们——容我放肆地说一句，人类最优秀的代表——同意这个荒唐的计划，被冷冻起来，把意识上传。这并不是为了让我们能够去遥远的星球殖民，而是为了将来万一有灾难发生时，人类可以在地球上重新繁衍……而灾难，很显然，已经发生了。

我敢打赌，你肯定想知道我是怎么发现的，对吧？嗯，我敢肯定，其他船员肯定对现实世界不感兴趣，只忙着在各自的地宫上演那些放荡的幻梦；而我则通过"欢乐之星号"的望远镜留意着真实世界在发生什么。结果很明显，我们一直在地球轨道上。

这也是我意识到整个计划都是个骗局的原因。阴谋论？不，我只是睁眼看事实。他们一定知道，总会有某些成员意识到我们根本没有离开。看出来了吗？这就是为什么他们不允许除利蒂希娅之外的任何人进行跨地宫交流。我不认为"欢乐之星号"的造型像个巨大的蘑菇是巧合：他们让我们处于黑暗之中，然后将鬼话灌输给我们。

是的，好吧，那只是个玩笑。我们的时钟被减慢的一个巨大优势就是，真实的天空运转看起来加速了。在主观时间仅为 1 小时的观测过程中，外面过去了 5 天。你可以看到月面上的昼夜分界线在移动，也很容易发现行星在星空背景中飘移，木卫一围绕木星的飞速回旋能看得人头晕目眩。

苍天在上，如果你花足够多的时间进行天文观测，你还能发现些其他的事情！你看，我就有了一个非常重大的发现，而那……

哦。你当然知道那是什么。嗯，很好。满分。可当我告诉伟大的加维船长时，她真的是惊得下巴都掉了！

与利蒂希娅·加维船长的交谈记录

从某种角度而言，如果我还没下载，事情会更简单。那样的话，我可以利用我作为船长的特权，将我的化身从一个地宫投放到另一个地宫，依次将消息告诉我的每个船员。话说回来，现在这样做，会侵入他们私人领地的只有我的声音。我之前强行进入了尤尔根的地宫，幸运的是他没在做什么太过放荡无德的事。其他船员会做些什么，那真是天知道。

我冲着工作站麦克风说道："注意！注意！"我等了10秒钟，重复了一遍，然后开始讲话，虽然我对到底要说什么还不是很确定："大家好。我是利蒂希娅。我相信你们所有人都以为我们不久就要到达半人马座比邻星 b 了吧。关于这件事，我有个坏消息——还有个更坏的消息，和我们的地球母亲相关。我本该请诸位就座，但现在的状况下，那没有意义，对吧？好了，我们开始……"

然后我告诉了他们。

我告诉他们，我们的星舰从未离开过地球轨道。

我告诉他们，我们的躯壳还在滑铁卢市。

我告诉他们，滑铁卢市已化为废墟，而且我怀疑地球上的别处也是如此。

就在我向他们解释这一切的时候，我脑海中盘旋了许久的思绪开始汇聚成形。我们被冷冻的躯壳从未被装载到"欢乐之星号"上，很可能是因为在那之前文明崩溃就已经发生了。

文明崩溃。

区区四个字，仅此而已。没错，被摧毁的不可能仅仅是滑铁卢市。我曾试图与任务控制中心取得无线电联系——它位于德国达姆施塔特市，是欧洲航天局对这个国际项目所做的部分贡献——但没有得到任何回应。事实上，我根本无法接收到任何无线电信号。

从我们的身体被冷冻到被送上等待着我们的星际飞船，其间只需几天，这么短的时间内没有任何瘟疫能够将文明按下停止键。导致这场灾难的原因，不管是什么，偏偏放过了"欢乐之星号"——我调用它的望远镜时并没遇到任何麻烦——以及我现在所处的这座建筑物。

欢乐之星号：为执行前往半人马座比邻星的任务而建造，拥有强大的屏蔽装置，以应对那颗耀星异常活跃的磁场。

量子人体冬眠研究所：由一系列相互连接的法拉第笼构成，旨在保护其中的精密量子计算机免受电磁干扰。

全都对上了。

一切都说得通了。

日冕物质抛射。

太阳抛出一团巨大的等离子体，伴随着巨大的电磁脉冲。类似的事情在19世纪中叶发生过——卡林顿事件。那次爆发让天空上的极光亮得足以阅读，范围南及古巴，烧毁了电报线路，甚至点燃了电报用纸[①]。我们早就可能迎来另一次类似的冲击了。那一定发生在2058年11月，就在我们被上传之后。

随之而来的电磁脉冲会烧毁全世界各处的电力变压器，同时摧毁大量的计算机和其他电子设备。全球100亿人被推入恐慌的旋涡，在黑暗中饿死。

---

① 当时部分电报站会使用一些经化学药物处理的电报用纸。处理后的纸张变得更加易燃，能够被太阳风暴带来的电火花引燃。

要形容那时的情形，想必只有一个词最为合适。

世界末日。

与尤尔根·哈斯医生的交谈记录

我最终把佩诺隆放了下来，机器人一落地就调转身体，朝操作中心急急冲去。它还没走到一半，便掉头朝我滚了过来——它应该是意识到已经来不及去干预操作了。

"不，"我说，"你开始的方向还是对的。我们一起去见利蒂希娅。"我们才转过一个拐角，就发现她已经在赶来见我们的路上了。

"卡帕拉①？"我问道。

"是的，"她说，"我不知道他们每个人对这个消息有何感想，但无疑应该让他们知道，"她摇了摇头，"四年的时间白白浪费了。"

我并不认为这些时间是被浪费了。事实上，这是我迄今为止的生活中最美好的四年。考虑到外面世界已经毁灭，我

---

① 《星际迷航》中的克林贡语，意为"成功了"。

觉得，这很可能也是我一生中最美好的四年。

警报声骤然响起。佩诺隆立刻行动起来，朝着操作中心飞旋履带而去。我们也跟着跑了过去。门在佩诺隆的命令下打开了，然后——

然后我简直惊掉了下巴。墙壁上巨大的监视器正显示着另一个低温冬眠间的内部。那里的冬眠棺设计跟我们的有所不同，数量也更多一些。"见鬼，这是怎么回事？"

利蒂希娅伸手指向几个小监视器："天哪——看起来那个房间里的每个人都在复苏。"

"我们能中止这个过程吗？"

"不行。我是说，是的，有一个中止按键，但太危险了。这些躯体已经开始解冻了。"

我看着屏幕上的图像，迅速数了一下。6排，每排6张床——36具"冰尸"。比我们的数量多了五成。我转向佩诺隆："你知道这些都是什么人吗？"

"不知道，"机器人答道，"那个房间超出了我的权限范围。"

"好吧，不管他们是谁，这些人当中可能有人需要帮助，"利蒂希娅说，"佩诺隆，你至少知道那个房间在哪里吧？"

"知道。"机器人飞奔而出，我们全速跟随。它带我们来到了一扇类似银行保险库的大门前。

我试着拉了下门把手，但它一动不动。

"你能打开这道门吗？"利蒂希娅问。

"不，"机器人回答，"那个房间——"

"在你的权限之外，"我说，"是，是。我们知道。"

"但，"佩诺隆说，"并不在她的权限之外。"我沿着它伸出的机械臂看去，看到了另一个机器人正朝我们靠近。这家伙跟佩诺隆一样是四四方方的造型，但并非完全一样。随着两个机器人之间的距离缩小，它们开始以科幻电影告诉我们的那种"机器人应有的方式"互相交谈——发出高频尖啸和鸣叫声。实际上，我觉得那也是英语，只是被加快到了机器能解析的最大速度。片刻之后，大门旋开了，肯定是第二个机器人发送了一个开锁信号。利蒂希娅和我迅速挤进了房间，两个机器人跟在我们后面。

还没有任何一张冬眠床打开，但每张床床尾的诊断显示面板都表明里面生物的体温在迅速上升。我飞快地绕着全部6排床走了一圈，看看有没有哪张被损坏，但它们看起来都状况良好。

第二台机器人也在检查那些冬眠床，而佩诺隆则停到了墙角。

每张床前的数字温度计并不完全同步：有些显示 31℃，有些是 32℃，还有一张已经超过 33℃。

我左边的那张床第一个打开了，上面的罩子向两边分开，滑进了两侧的收纳槽，然后——

老天！

里面那具该死的躯体突然向上弓起身子——因为内置除颤器强行重新启动了它的心脏。这几乎让我的心脏在同一刻停止了跳动。

这具躯体属于一个大约 60 岁的亚洲女性。如果这里所有的躯体全是老年人，那么我估计这是些试图通过意识上传来欺骗死神的人。

我旁边的另一张冬眠床也敞开了——那样子让我想起为做心脏手术而被展开的肋骨——里面的身体是个白人男子，也在被除颤的时候弹跳了起来。

我记得在《可汗怒吼》中——那是部老掉牙的电影，但很经典——斯波克在几秒钟内将他的整个"卡特拉"①转移

---

① 《星际迷航》电影中火星人使用的专有名词。相当于地球人说的灵魂，但又略有不同。

到了麦考伊医生身上。我不知道一个卡特拉包含多少信息，但一个人类的意识包含的数据量要以拍字节计。话说回来，这些意识是通过量子纠缠瞬间传输的，所以不会受到带宽限制。我看到我旁边那女人的双眼开始眨动。

去了第一排的利蒂希娅已经在协助一个男人站起身来。他看起来二十来岁，还有个正在自己站起身来的女人看样子也是差不多的年龄。我之前那个这些人大多接近自然寿命尽头的猜想看来是错了。

在我面前这一排的最里边，另一个男人——大约 45 岁——正坐起身来。他四下张望，但似乎看不清东西，也许他平时是戴眼镜的。过了一会儿，他的目光落在了我身上。"见鬼，你是谁？"他硬邦邦地问道。

"尤尔根·哈斯。我是名医生。"

"我不需要什么该死的医生，"他厉声说道，"我需要律师！斯特拉·罗森那个贱人还在任上吗？我现在就要和她对话！"

我看到利蒂希娅还在试图让那个男人平静下来，但这尝试即将以严重的冲突告终，房间里的其他人也正越来越焦躁不安。我并不喜欢逃避冲突，但 36 对 2，这样众寡悬殊的情况下只有傻瓜才会想要战斗。"利蒂希娅，"我大声说道，

"清了！"——这是航天员们的行话，意思是中止任务。

这次她总算认识到我的言语中充满智慧了。她径直朝出口走去，两个机器人跟在后面。我第一个到达那里——在比赛中我唯一能赢利蒂希娅的方法就是抢先一步。

我们一穿过那道仍然敞开的沉重大门，它就开始再度合上。第二台机器人肯定又发送了一个信号。"三十六计，走为上计。"利蒂希娅讲了句俏皮话。

在关门的过程中，有少数几个刚刚解冻的人看来都决定趁机冲出来。他们步履蹒跚，结果只有那个曾经对我大喊大叫的人及时冲过了大门。一到走廊上，他就靠在刚关闭的门上，花了一会儿时间喘气。然后他转向利蒂希娅。"你是谁？"这男人质问道。

"利蒂希娅·加维。"她回答。

"你是干吗的？"

"我是个航天员。"

"我最不需要的就是什么鬼航天员。"

"那你又是谁？"利蒂希娅尖刻地反问道，"你为什么会冷冻休眠？"

"我在服刑。"他说。

"什么？"我问道。

“服刑——那是几年前的事了。”

“服刑？”我问，“什么罪？”

“谋杀，”他指着他身后被封住的房间，“我猜，这里的大多数人也一样。”

我很明智地没有让自己的想法脱口而出，利蒂希娅也一样。小佩诺隆没我们这么小心谨慎。“见鬼。”它说了出来。

第 4 章
大自然母亲憎恶我们

与利蒂希娅·加维船长的交谈记录

于是，我们就这么跟一个杀人犯面对面了。我最后得知，这男人名叫罗斯科·库杜利安，他追踪并杀死了童年时欺凌他的恶棍。对这种行为，我几乎有些同情。

罗斯科身材高大，肌肉发达，头发是棕褐色的，在太阳穴附近的头发有些花白。他愤怒不已——如果事情真的像他所说的，他本该在四个主观年前就刑满获释，换了我也会愤怒的。

我们当时就在关闭的保险库门外，尤尔根和我站着，而罗斯科完全像个刚进号子被扒光受检的犯人，一丝不挂地靠在那扇门上。在门背后还有另外 35 名罪犯，所有人都像他一样，刚刚几分钟前才将自己的意识和身体再度合二为一。两台小机器人仍跟我们在一起，男声的叫佩诺隆，女声的那台我还不知道名字。

"接下来你打算做什么？"我问罗斯科。

他用大拇指冲尤尔根比了比："就像我刚告诉这家伙的，去找那个贱人斯特拉·罗森。"

"那是谁？"我问道。

"马萨诸塞州惩教署署长，"他厉声说道，"找她视频通话。"

"我想，嗯，我想她现在应该没在那个职位上了。"我发现自己在试图绕开这房间里——嗯，现在我们是在走廊里——的大象①。

"那我想回家，"罗斯科说，"去见我的女儿安娜贝尔。"

---

① 英语谚语"房间里的大象"，指显而易见但却被有意避而不谈的事物。

我看了一眼尤尔根。他略微抬起双手，对他而言这样子相当于在说："是你告诉他，还是我来？"

我转身面对那个男人："我有个坏消息，罗斯科。发生了一场灾难，多半是一场来自日冕物质抛射的电磁脉冲风暴。"

他看着我，仿佛我在说天书。我的第一反应是给他详尽解释太阳是怎么喷发出一大团等离子体，带来一场炸掉所有变压器的电磁脉冲的。但我放弃解释了，这并非因为我是个天生的老师，而是因为告诉他这场磁暴的后果要比讲解这场磁暴更为艰难。我直截了当地说出了结果："看起来大部分人都已经死了。"

罗斯科继续盯着我看了几秒钟，然后说道："你说的'大部分'是什么意思？你们也不清楚吗？"

尤尔根答道："我们也刚刚下载回来。"

"那我一定得回家去，"罗斯科坚定地说，"安娜贝尔需要我。"

"你家在哪？"尤尔根问。

"纽约州布法罗市。"罗斯科说道。

那地方并不远——距离这里不到 200 公里——但前提是他可以找到一辆能开的车和一条畅通无阻的道路。我无权去阻止他……但有一个因素他还没有考虑到。"唔，你觉得现在是哪一年？"我问。

他皱着眉头，好像这问题十分愚蠢似的："2064 年。"

"不，"我说，"不，不是的，"我深吸了一口气，然后呼出，"现在是 2548 年。"

"25……？"他摇了摇头，幅度极其微小，"胡说。"尽管他还在这么说，但语气并不坚定。

"是真的。"尤尔根确认道。

"我很遗憾要这么说，"我轻声说，"但你的女儿——她肯定已经……"

罗斯科靠在保险库门上的身子向下滑去，第二台机器人赶紧冲过去想扶住他，但他挣扎着站了起来。机器人还是伸出机械臂，牵住罗斯科的右手，把他带到走廊墙边一组三人位连排椅前。罗斯科坐到了中间的椅子上，脑袋低低垂下，缓缓摇动，略微往左，再稍微往右，反反复复。

我蹲在他旁边，又说了一声"我很遗憾"。他慢慢地抬起头，用一双发红的泪眼望着我。"她是这一切的意义所在。"他轻声说道。

我的困惑肯定流露于外了，因为他随即解释道："安娜贝尔是我同意加入这见鬼的人体冬眠计划的唯一原因。"

当然，他想要及早离开监狱，好亲眼看着他女儿长大，冬眠是唯一的办法。我很乐意离开我所认识的每个人，除了我的船员们，并且我没有理由认为罗斯科的女儿没有度过美好而充实的人生。我突然意识到他再也见不到自己女儿这一事实显然对他造成了毁灭性的打击。他望了我一小会儿就又低下了脑袋。我轻轻按了按他的肩膀，站起身来，走回到尤尔根身边。第二台机器人转动履带，来到了我们旁边。

"你叫什么名字？"我对机器人说。

"维义杜卡格温尼尼，"机器人回答，"阿尼什纳比①语中的'帮工'。你们叫我维义杜卡就好。"

我向罗斯科那边偏了偏头，问机器人："那里的所有人真的都跟他一样？全是犯人？"

"不，女士。"维义杜卡说。我感到胸中一块大石头落了地，之前我甚至没有意识到自己有这么紧张。维义杜卡接着说道："现在，他们出狱了。他们的刑期已经服完了。"

"他们的刑期都一样长吗？"

"是的。他们都参与了同一个试验性项目，所以所有人都应该在同一天被释放：2060年10月16日。在他们服刑期

---

① 北美五大湖一带几个原住民部族的统称。

间，模拟监狱里时间运行的速度是正常速度的 24 倍，所以那一天离他们被囚禁客观上只过去了 10 个月，但对他们来说，主观上已经过了 20 年。可当释放日期到来时，这里已经没有人来授权确认释放他们，因此控制他们虚拟监狱的时钟自动减慢，并与这台量子计算机的其余部分保持一致——它生成了你和你的航天员同伴所在的虚拟环境，运行速度只有正常速度的 1/120。"

"那么是什么导致了系统现在释放他们？"我问。

那个男声机器人佩诺隆将两条机器手臂交叉在背后，姿态轻松，但它说出的话却是一副"我早告诉过你"的腔调："我怀疑当你调整量子计算机的整体时钟速度时，触发了某个安全机制，于是自动下载就开始了。"

"说到这个，"维义杜卡说，"我不能就这么把他们锁在里面不管。首先，他们很快就会饿的。"

机器人这么一说，我才意识到自己也饿了——这是种我已经多年没有体验过的感觉。"有食物吗？"

"哦，有的，"维义杜卡说，"地下层的自助食堂现在已经上线运行了。"

我没明白怎么可能会那样，但是谁又会对一台提供免费餐的机器人挑剔它的扬声器格栅^①呢。"我们去吃点儿东西吧。"我对尤尔根说。虽然我并不确定自己是否真的想提出邀请，但我还是加了一句："罗斯科，要一起吗？"

他一直把脑袋埋在双手中坐在那里。提到他的名字时他才抬起头来，但脸上的表情困惑而迷茫："什么？"

"要吃点儿东西吗？"我说。

他摇了摇头。

维义杜卡正调转身子朝向我们和囚犯之间的大门。"等等！"我说，"至少给我们一个先发优势。我还没有准备好应对另外 35 名满腔愤懑的囚犯。"

机器人考虑了一下："他们已不再是囚犯了，但我想在关了这么长时间之后，再多半小时也无伤大雅。"

"如果他们中有人需要医疗救治的话，"尤尔根说，"就来找我。"

维义杜卡点了点它的砖块脑袋。两个机器人之间进行了一段超高速的英语交流，然后佩诺隆以正常语速说："请跟我来，我会带你去自助食堂。"

---

① 化用了英语谚语"免费到手的马就别挑剔它的牙口"，意为白捡好处就不要再吹毛求疵。

我点了点头，不过走之前朝维义杜卡说了一句："你会向他们解释发生了什么吗？"

"会，"机器人回道，然后有点儿伤感地补充了一句，"我只希望他们不会把愤怒发泄在我身上。"

与罗斯科·库杜利安的交谈记录

维义杜卡打开了那道保险库大门，我站在入口处听着它告诉我的狱友们到底发生了什么。他们一边穿衣服，一边大声咆哮着朝它发出质问。那些衣服是他们带到监狱里来的，至今都还在这里的气密型私人物品锁柜里。等他们已经没有问题，也骂够了之后，那台小机器人说出了我们等了这么多年才听到的话："你们可以自由离开了。"一群人像洪水一样涌向房间外面，那样子就像是……嗯，就像是我曾一遍又一遍被迫重温的那个可怕景象：鲜血从米奇·奥尔德肖特的胸口喷涌而出。

总共有19个男人和16个女人。当然，我不认识他们中任何一员。那些我曾经当作狱友的人全是虚拟程序——而这些真正有血有肉的人经过我身旁时，没有一个人朝我笑一下。

我走进房间，找到了我的私人物品锁柜，穿好衣服。看来我是唯一一个把西装和领带带进监狱的人，其他人现在都穿着卫衣或 T 恤。

这里只剩我孤身一人，我品味了一阵子这种感觉——在实际上已经独自一人近四分之一个世纪之后，这有些滑稽。不过，不，这么说不对。现在多半已经是几百年后了，那么即便这场灾难，无论它到底是什么，有没有发生，我心爱的安娜贝尔也早已死于——天哪，这想起来感觉就无比怪异——死于衰老。

我有几分想回到我的冬眠设备里。它就在我面前，敞开着。至少在那里，在我的虚拟世界当中，我可以继续观看安娜贝尔在学校和游乐场地上的视频，看着她快乐地活着。

我想知道，她长到十几岁的时候是什么样子，成为一名妻子、一名母亲的时候又是什么样子？天哪，也许她甚至成了一名老祖母，那又会是怎样的情形？我希望她经历了所有这一切。当她还是个蹒跚学步的孩子，被我抱在膝头嬉戏时，我曾告诉她，或许有一天，她所有的梦想都会实现。此刻，我无比希望它们真的已然实现。

我就这么站在那里，琢磨着我女儿的命运，不知过了多久。但最终我意识到我的肚子在咕咕直叫。那个男声机器人说过，自助食堂在地下层，于是我出发去寻找那个地方。

途中，我路过了一个大窗户，于是我第一次得以窥见外面的世界：破碎的沥青和扭曲的人行道中冒出了树木；地缝里塞满了高高低低的野草；建筑物都已垮塌，那样子看起来就跟我的心态一样颓然。

等我抵达自助食堂时，我发现大部分狱友也都下楼来到了这里。有些人三五成群，有些人则在独自用餐。维义杜卡看到了我，转身前来带我进去。"食物是从哪里来的？"我问道。

"研究所曾经有四百多名员工。当文明崩溃时，我们把这栋建筑里的所有食物都冷冻了起来。我们在这里可以将人体冷冻起来，一冻就是几个世纪，相比之下冷冻食物就是小菜一碟。说到这个，你想要来碟小菜吗？"

"不。不过可以来些牛肉吗？"

"啊哈，"维义杜卡说话的声音听起来颇有不满，"你不是个素食主义者。好吧，我们看看能找到什么。"

它找到了一份塑料袋装的炖牛肉，用微波炉热了热。我端着托盘走到一张已经坐了五个人的桌旁。"我能跟你们坐一起吗？"我问道。

五个人当中有两个完全无视了我，另有一人咕哝了一声。有个身材臃肿的白人说道："这有什么不行的？"此人穿着件白色T恤，头发看起来原本是往后梳的，但现在垂到了额前。

我坐了下去："我叫罗斯科。"

大胖子哼了一声："我头一回见到叫罗斯科的人。"

"你是？"我问。

"阿兰，"他说，"阿兰·史密西。"

这回换我哼了一声。在很长一段时间内，阿兰·史密西是美国导演协会允许会员使用的唯一化名。电影史上一些糟糕至极的作品就声称是由阿兰·史密西执导的[①]。如果这个家伙不想透露他的真名，对我来说也没什么关系。也许他是个有名的杀人犯，大家会记得名字的那种，他不想让他的过去跟随他进入新生。

我一边吃自己那份炖菜，一边四处打量。天花板上有裂缝，有污痕从漏水的地方向下蜿蜒，但在离地面一米半的高度止住了。啊，那里一定是机器人在维护时够得到的最

---

① 1969年起，导演只有认为自己无法也不应为影片质量负责时才会申请使用这个假名。2015年有了第二个这样的假名。

高点。

我想我们可以无限期地一直待在这栋建筑里——虽然床铺可能只有冬眠棺的硬底板这么一个选择。我不想那样，并且希望其他人当中也有跟我想法一样的。然而，在废墟之中求生并不容易。阿兰看起来像是个狠角，其他几个人看起来也是糙汉。要在外面生存，需要的不仅仅是粗野的蛮力，还需要生存技能。

那么谁经受过生存训练？

那些航天员，只有他们了。

利蒂希娅和……那人叫什么来着？尤尔根，对了。利蒂希娅和尤尔根。他们会知道——该死的，会知道怎么生火，怎么剥鹿皮。还有，尤尔根不是个医生吗？那他应该知道如何处理骨折，或是缝合伤口。

我站起来。当我把椅子推开时，发出了那种粉笔划过黑板的尖厉声响—— 一种我只在电影中听到过的声音，智能白板上不会发出那种怪响。

"你去哪？"阿兰·史密西问道。

"去找航天员们。"我说。

"很好，"他喊道，"我就知道是这样。"

与尤尔根·哈斯医生的交谈记录

我在自己虚拟天堂的时候根本不需要进食，但食物会带来感官享受，所以我经常召唤出我喜欢的菜肴。没有什么比一块稀有的红屋牛排①更好的了——而且是想象中的牛排，不必带有负罪感②——汁水流淌到盘子里，配上一根根浇了法式伯那西酱的芦笋，还有一颗冒着热气的烤土豆，上面满是各种配料。

真实的也好，虚拟的也罢，我是否还能再享受到一顿那样的美餐？天知道呢。利蒂希娅和我狼吞虎咽的那些研究所自助食堂的食物，让冷冻的航天员口粮都显得好似巴伯里安牛排屋③提供的顶级美味佳肴。我们实在想要在一大群罪犯到来之前离开。

我们一吃完就从地下室上去，朝外面的世界踏出了第一步。天气很热，我估计气温超过了30℃，对2月的滑铁卢市来说实在离谱。鉴于文明看起来在五百年前就已崩溃，我本来希望全球变暖过程也已逆转，但它显然并没有。

---

① 比 T 骨牛排更大、更厚，也更稀有、更昂贵。
② 指食用牛肉伴随的环境问题和动物伦理问题。
③ 多伦多著名牛排老店。

入口前的混凝土板破碎不堪，路面开裂形成了若干硕大的坑洞。每一个裂缝中都有树木、杂草或灌木生长出来，满目尽是郁郁葱葱，水朝着大大小小的低洼处流淌。

我们徒步走了几小时，了解了一下周围的地貌。在大学路残余部分的不远处，我们看到有六只鹿正在啃食植物。我们路过的时候，它们毫不畏惧地看向我们。这些动物很美，但看到它们让我心生悲伤。我弟弟在我30岁时死于癌症，他生前在自己的公寓里挂满了鹿主题的绘画和摄影作品。

利蒂希娅还准备继续前进，但我抬起一只手，坐在了一张长满地衣的混凝土长凳上。一栋办公楼的阴影笼罩着它。"我的老天，"我艰难地喘息着，"我已经好多年没有……没有被累到了！"

利蒂希娅坐在我旁边，用连体服的袖子擦了擦额头上的汗水。"收到，大个子，"她说道，"我早就准备好离开我所认识的每个人了。家人、朋友、邻居……所有人，拜拜啦各位。我一直以为，即使我们到了半人马座比邻星，当我仰望夜空，看到我们的太阳让仙后座多出了一折①之际，仍然会有人类在地

---

① 从比邻星的行星那边观察，会发现太阳在 W 形的仙后座末尾的仙后座 ε（阁道二）附近，连起来的话就多了一折。

球那里，不，在这里，繁衍生息，创造发明，忙忙碌碌。"

我摇了摇头："我早就知道到头来会是这样。当我还是个孩子的时候，我们就在担心气候变化、核战屠杀、生物战争或者网络武器，还有人工智能造反……某种人类自己引发的灾难。真正的威胁从来不是那些。大自然母亲就是他妈的憎恶我们。地震、飓风、像 2019 年的新冠和 2050 年的新新冠那样的瘟疫，该死的，再加一场规模大得要命的太阳日冕物质抛射。她就是想让我们灭绝。"

"好吧，"利蒂希娅说，"也许你是对的，也许大自然母亲并不喜欢她在这地方所创造的产物。说实话，我也不太喜欢这里。"她停顿了一下，我以为她接下来会列举一番人类对人类做出了多少不人道行为，但我接下来听到的是典型的利蒂希娅式发言。"太他妈的无能了，"她摇着头说，"这里有太多什么事都做不好的混蛋了，"她对着天空随意挥了挥手，"但在那上面？那里一定有比我们本打算抛诸脑后的人类更好的存在——一定有的。"

我不置可否地咕哝了一声，缓缓转动目光，环顾四周的废墟。她也在做同样的事。在有些地方，森林已经完全再度占据了这片土地；在其他一些地方，比如我们现在坐的地方周围，只剩下一堆堆的砖块和扭曲的建筑物骨架，无声地证明这里曾经是繁华的大都市。我长长地叹了口气："真是一团糟。"

她再次朝天空挥了挥手："'欢乐之星号'就在那上面，在轨道上。只要我们能抵达飞船，我们就仍然可以前往半人马座比邻星。"

我嗤之以鼻："即便在某处还有幸存者的营地，他们也几乎不可能有太空飞船。"

"你有更好的主意吗？"她怒气冲冲地说。

"当然。我们可以重新上传。"

"你的意思是，重新钻进你的洞穴中去？"

"为什么不呢？在这里我们一无所有。我们大可以度过永恒的岁月，待在各人的……"

"定制天堂里？"利蒂希娅的声音里带着浓重的讽刺，"所有那些辛苦得要死的练习的意义——国际航天局联盟花费了一万亿美元建造一艘星舰的原因——是让人类在安全距离之外建立一个新的文明中心。你提到了2050年新新冠，地球和火星殖民地之间有着——当年有着——大量往来交流，多到一场瘟疫就能够轻易将两边的人群一并消灭。我们的任务——你的、我的和其他22个人的任务——是确保智人能够一直幸存下去，哪怕这个物种可能非常糟糕。哦，我们目前确实幸存下来了，但我们活下来并不是为了让你在某个以自我为中心的幻想世界当中，永永远远地自嗨。"

我把双臂环抱在自己胸前："那么，你打算怎么办？强迫其他人也下载？"

"我们需要所有人的帮助。侦察队、工程队。一旦我们找到了登上星舰的办法，我们所有人就都可以重新进入休眠，并且启程前往我们应该去的地方。"

"这样做毫无意义，"我说，"到半人马座比邻星的旅程需要五百年。这台量子计算机持续正常运行了这么长时间，我们已经很幸运了。人类建造的任何复杂机器从未有能够持续正常运行一千年的。"

利蒂希娅的声音中有种我从未听过的情绪——绝望："它一定可以继续正常运行的。它必须可以。"

"看看，活在幻想世界里的到底是谁？"我厉声说道，"让其他船员留在原地吧。就让他们享受他们的人生吧。"

"那算不上真正地活着。"

"哎哟，好个大无畏的领袖啊。"

"别瞎闹了，尤尔根。我们必须——"

她接下来大概还打算滔滔不绝地说出一大堆疯话，但不管那会是什么，都被一声响亮、刺耳的尖叫提前扼杀了。

与利蒂希娅·加维船长的交谈记录

是的，当然，尤尔根——当时那样子的尤尔根让我极为恼火。在我们上传之前我所认识的那个男人应该会为了拯救我们的任务与我并肩奋战，哪怕机会极其渺茫也在所不辞。我们本该永不放弃，永不屈服。他已经屈服了，堕落在虚幻的诱惑中。

可是当我们听到那声尖叫时，他比我更快地站起身来，朝着声音的来源跑去。他的身体还在恢复当中，他加快速度的时候摇摇晃晃的。我跟在他身后，发现我自己在跳过坑洼、跨过树干的时候脚下也不稳。

很快又传来了一声尖叫，这一声有些沉闷模糊。我难以确定声音是从哪传来的，但尤尔根朝着左边转了过去。我们身边是堵低矮的砖墙，是某座早已倒塌的建筑的残余。我们沿着墙根向前奔跑，同时转过了墙角。

相隔六七米处有另一堵平行的断墙，一个高大的白人男子正把一名白人少女按在红砖墙上。少女穿着一件简单的黑色连衣裙，看起来是手工制作的，而那个男人——

那男人双眼诡异地布满血丝，一副 21 世纪的打扮：网球鞋、牛仔裤、印有摇滚乐队名字的 T 恤。他一定是那群囚犯中的一员。他把牛仔裤拉到大腿中部，露出了屁股，而少女正试图推开他。他努力把她的长裙拉得足够高，以便侵犯她。

尤尔根一下子就冲上去，从后面抓住了他的肩膀，把他转了过来。这个动作显然让他们两个都晃荡起来。不过另一个家伙应该是刚被解冻的囚犯，尤尔根至少比他早复苏了几小时。尤尔根比他先稳住了身子。

少女一和她的攻击者之间有了空隙，就滑到一边逃走了。那个混蛋比尤尔根高大，但身体状态不如他好。尤尔根用右勾拳击中了他，把他打到了砖墙上。

"搞什么鬼啊，伙计？"那家伙喊道。

尤尔根怒火中烧："你一出来就这样？做这种事？"

少女拼尽全力跑开了。我不怪她，我也会那样做。我必须搞清楚她是谁，搞清楚还活着的其他人是什么人，所以我追了上去。她像山羊一样灵活，匆匆穿过扭曲的景观，但她的黑长裙并不适合奔跑，很快她就撞到了另一堵残墙上，无法再往前跑了。我脚下还有些踉跄，但仍然毫无困难地赶上了她。

她十六七岁，显然非常害怕。可当她看着我时，她的眼睛睁得大大的，仿佛十分惊讶。我尽力露出个令人安心的笑容，问道："你还好吗？"她没有回答。她在颤抖，仍然害怕。我想，我是本能地张开了双臂，抱住了她。她犹豫了一会儿，然后倒在我怀里，抽泣起来。我抱着她，轻轻地抚摸着她的金发，发出安抚的声音。过了一阵儿，尤尔根过来了。我越过她的肩头看了看尤尔根："那个混蛋呢？"

"我放了他。"尤尔根说。但我还没来得及抗议，他就继续说道："这里没有警察可以叫，对吧？没有监狱可以把他抓走，也没有什么可以用来绑住那个混蛋。当我威胁要折断他的胳膊时，我知道了他的名字——霍恩贝克。他是那些囚犯中的一员。我告诉他，如果他再碰这个女孩或者其他任何人，我会把他的脖子打断。"

少女的举动表明她想让我放开她，我照做了。她看着尤尔根。"西西涅，"她说，"西西涅，西西涅。"

在我听来这只是些胡言乱语，但尤尔根听明白："她在说'谢谢你'。"

"那你会说英语吗？"我对她说。

她皱起了眉头。

尤尔根试着用德语问她："你会说德语吗？"但也没有得到回应。

"你觉得她是哪儿来的？"我问。

这次轮到尤尔根皱起了眉头，但接着他的眉毛突然扬起，仿佛他有所顿悟。"就在这附近。"他说。这似乎是一个毫无意义且显而易见的观察结论，但他接着说道："看看她的穿着。"

她仍在颤抖，但她的头歪向一边，显然对我们奇怪的语言感到困惑。她的衣服，正如我之前注意到的，简单而且是纯黑色的，尽管天气很热，但遮得严严实实。"是吗？"我烦躁地说。

"我打赌她之前戴着一顶帽子，但在袭击中丢失了。"他补充道。

"天哪，告诉我吧。"

他似乎对我没有理解感到失望："她是门诺派教徒。"

尤尔根来自附近的多伦多，而我只在我们准备上传我的船员时在滑铁卢市待了几周，也没有时间去周围的社区。是的，我偶尔会看到穿着黑衣的人们驾着马车缓慢地驶过小路。

还有，我到这里以后，读过这个地区的简史。在这里发展起来的高科技产业始于发明第一部智能手机——黑莓手机的公司。该公司的联合创始人迈克·拉扎里迪斯曾被问及，他是否认为，他的公司周围都是永远不会使用他产品的人这点颇具讽刺意味。他的回答是："我喜欢门诺派教徒。他们是人类的'备用计划'。"

看起来，他们确实是。不是我们，不是航天员，不是工程师，不是依赖电网、计算机、微芯片和其他先进技术的人。

眼前这个受到侵犯和惊吓的女孩就是个活生生的证据，证明这个备用计划已然生效。

与尤尔根·哈斯医生的交谈记录

我们费了不少力气才算弄清了那个门诺派女孩的名字，她叫萨拉。虽然她说的是一种英语，但利蒂希娅和我发现很难理解她。好吧，已经过去了五百年，语言和发音会改变，尤其是当你没有有声读物、广播、电视或电影来锁定一种标准的说话方式时，我想情况会更加复杂。

我们设法告诉萨拉我们明天想和她再见面。虽然最简单的办法是在我们第一次遇到她的地方见面，但利蒂希娅指出，没有人想回到自己差点儿被强奸的地方。萨拉陪我们走了一段时间，直到她回家的路与我们的路线岔开了。当我们分别时，太阳已经下山大约半小时，我们约定第二天中午在分岔口见面。我希望我们都明白了这个时间。

利蒂希娅和我离研究所只有一公里远，但我们穿越灌木丛和废墟足足花了一个多小时。与我的虚拟地宫不同，这里没有满月——或者任何相位的月亮——来照亮这片土地。研究所的各个窗户里都亮着灯，光亮帮助我们找到了它。

当我们越来越近时，我听到一个绝望的男声："哈斯医生！加维船长！"

虽然很难看清楚，但我最终看到了可怜的佩诺隆的身影。这个愚蠢的机器人冒险走到了研究所前面的破碎路面上，却卡在了它的履带无法摆脱的裂缝中。

"你在这里做什么？"当我们靠近它时，我问道。

机器人听起来很焦虑："我一直在找你们。有些囚犯正试图闯入量子计算机室。"

"哦，该死！"利蒂希娅一边咒骂，一边开始奔跑。

我抱起佩诺隆，在一天的徒步后，我感觉它似乎比之前重了很多。我们匆匆忙忙地回到了研究所。我想没有人预料到会有人袭击那台伟大的四面体量子计算机，但有密封金属门将它严密隔离，以防止退相干。当我们到达二楼时，我们看到 4 个男人和 3 个女人正在用一张会议桌充当攻城锤，试图破坏密封金属门。看起来门随时会被撞开。

"你们在干什么？"我大声喊道。

他们暂时停了下来。"你们是谁？"一个肩膀宽阔的白人家伙问道。

"尤尔根·哈斯。我是医生。"

"你听说过'破狱而出'吗，医生？"同一个人说，"呐，我们就是要打破这个监狱，"他得意地笑了笑，"谁都别想再把我们锁在里边，然后几个世纪都不闻不问。"

"我们还有人在里边，"利蒂希娅恳求地说，"如果你们干扰到量子计算机，他们会死的。"

那个人的声音冰冷无情："我以前杀过人。"他和他的同伙们又开始用会议桌撞击大门。

利蒂希娅转身跑向隔壁的操作中心。我和佩诺隆加快跟上。"你在做什么？"我们走进房间时，我问她。

"我要让所有人都下载。"她说着，坐到了她之前用过的蓝绿色冰球状计算机前的椅子上。

在那一刻，我意识到我们之前的争论已经没有意义了。在虚拟世界中的那段生活对我们航天员来说如同天堂，但对囚犯来说却是地狱。现在我们两个人无法保护量子计算机免受愤怒暴徒的袭击。利蒂希娅即将做的事才能给我们所有船员提供一线生机。

"登录，"她说，"利蒂希娅·加维。"

"你好，利蒂希娅。"冰球回答，"我能为你做些什么？"

"启动'欢乐之星号'航天员的意识下载程序。"她在简易攻城锤的撞击声中发出命令，"老天保佑，快点儿！"

第5章
硫黄星

与利蒂希娅·加维船长的交谈记录

计算机一确认我的星际飞船船员们已经开始下载，尤尔根、佩诺隆和我就立刻赶回了航天员的冬眠间。当然，我的冬眠棺敞开着，尤尔根的也是，还有——

麻烦大了！在混乱中我忘了米哈伊尔·西多罗夫，我们飞船上的机器人专家。他那副敞开着的冬眠棺真的成了一副棺材，在里面躺着的只有一具颅骨被砸开了的干尸。人类的意识根本不可能被下载到那里头。

尤尔根是名医生，他必须留在这里，因为除颤器正像爆米花一样啪啪地响个不停。但我不用。我跑回走廊，希望能劝说试图砸开量子计算机室门的 7 名囚犯停下来。就在我跑到门前的一刻，他们成功把门撞开了。7 名囚犯冲——三女四男——进了那间存放巨型计算机的房间。

我也跟了进去。"拜托！"我喊道，"请住手。还有一个人被困在计算机里！"

一个男人朝我看来，还是之前对我们出言不逊的那个粗鲁的家伙。"那并非他本人所愿？"他轻蔑地说道，"即便是他的时间到了也无法出来？你尽管哭吧，泪流成河看有没有用。"

我怀疑，这帮家伙中完全没人见过这台或任何别的量子计算机，尽管他们每个人都曾在这东西里度过了 24 年的主观时间。另外 3 名男子正围绕着这个每条边长都刚好 15 米的四面体走动，大概是想找到他们可以轻松破坏的外部部件。与此同时，一个身材魁梧的女人已经取下了一个挂在墙上的灭火器，正用沉重的瓶身朝着计算机一侧三角形的镜面猛砸。

我正要大叫"住手"的时候，另一个声音——一个男声抢先喊了出来。我向后转身，看到了罗斯科·库杜利安。跟他一起过来的还有另外 6 个人，我估计也都是不久前下载的因犯。"你们也听到这位女士的话了，"他说，"里面至少还有一个人。"

"谁会在乎？"冷笑着回答他的还是那个粗鲁的家伙。后来我才知道，这人叫凯莱布。

罗斯科身后的那个男人体型异常巨大，也许有 150 公斤。我后来得知他自称阿兰·史密西。"我就在乎，"他咆哮道，"方圆几公里内，唯一完好的高科技产品就在这里，就在这栋建筑中。谁又能预知我们将来为了活下去会需要什么？"

拿着灭火器的女人已经在计算机的三角形侧面上砸出了一个相当大的凹痕，但还没有砸破它的外壳。金属撞击发出的响亮的邦邦声在房间里回荡。

凯莱布不屑一顾："我们不会需要这鬼玩意儿的。"

"也许吧，"罗斯科说，"但你们可能会有需要医生的时候，"他指了指我，"她的朋友尤尔根就是位医生。"

我用力点了点头："而且此刻我们还有另一位外科医生正在下载当中。"

"所以，"罗斯科说，"最好别惹恼他们。"

"滚出去，"凯莱布冷笑着对罗斯科说，"否则需要医生的那个人就是你了。"

阿兰·史密西庞大的身躯向前移动："你以为你能打赢我？"

凯莱布和阿兰·史密西一样高，但体重可能只有对方的一半。尽管如此，他看起来在很认真地考虑要不要对阿兰·史密西出拳。阿兰这边则挥动双手，朝他做了个"放马过来"的手势。

那3名男子不再围着量子计算机的底座转圈了，他们看起来准备给凯莱布提供支援。与此同时，跟罗斯科一起来的其他人也从史密西的身后向两边展开。

我并不希望发生斗殴，尤其不想看到曾经犯过谋杀罪的人之间发生斗殴，但至少这样做能争取些时间。也许这点儿时间不足以拯救米哈伊尔，但我的其他船员可能刚好还需要这宝贵的几秒钟下载。

那个女人还在继续砸着计算机的镜面外壳，而——

而量子计算中心和人体冷冻休眠设施之所以被安置在同一栋大楼当中是有原因的。二者都依赖于被冷却到超低温的材料，前者是为了将原子振动最小化，以防止量子位意外翻转，后者是为了保护身体组织不致腐败。

我第一眼看到那团白色雾气时，还以为是那个女人的灭火器爆炸了，然而不是的，事实并非如此。实际上，她成功地在计算机外壳的一侧砸出了一个裂口，于是温度接近零下200℃的液氮从中直射而出，形成了一个小小的喷泉。那女人踉跄后退，然后在已经结冰的地板上滑倒了。喷出的液氮流直接冲到了她的脸上，那样子就像是消防水龙头的喷射。

与此同时，凯莱布身后的3名男子中有1人像根木头一样直直倒了下去。我知道发生了什么，但我怀疑其他人并不知道。液氮气化时的膨胀比将近700∶1，1升液氮会蒸发成近700升氮气。在一个有限的空间里，这足以将空气中的氧气全都排挤出去。

"出去！"我立刻奔向房间出口，边跑边喊，"快出去！"

罗斯科和阿兰紧跟着我跑了出来，但我看到凯莱布昏倒在地。这伙人之前把这个房间的大门完全从铰链上撞了下来，到头来这倒成了件幸事。白色的雾气翻滚着涌入走廊，我估计如此一来就会有足够的可呼吸的空气同时流回到房间中，所以那些倒下的人应该不会窒息而死。不过，在我感觉安全之后，还是跟罗斯科、阿兰·史密西一道返回，把还在昏迷中的凯莱布和另一个男人拖到了安全的地方。

造成这场混乱的那个女人已经死了。她没像被扔进液氮中的金鱼那样变成碎块，但她的身体，就像任何一个休眠者一样被冻结了——而且没有先将身体中的水分和血液替换为抗凝剂。她浑身上下，包括大脑中的细胞，肯定在冻结的时候全都胀得四分五裂了。

我们刚刚苏醒不到一天，就已经见证了第一起死亡事件和第一起暴力事件，再加上对门诺派女孩萨拉的强奸未遂事件。对我们在公元 26 世纪这 "美丽新世界"[①] 中的生活来说，这开端可真是相当糟糕。

与瓦莲京娜·所罗门的交谈记录

不，绝对不要用那个名字叫我。我的名字是瓦莲京娜。这名字是为了纪念瓦莲京娜·弗拉基米罗夫娜·捷列什科娃——第一位进入太空的女性。不过，当然，我不会成为第一个抵达半人马座比邻星的女人，"欢乐之星号"的船员中有一半都是女性。我应该会成为像我这样的人当中第一个前

---

① 赫胥黎的小说《美丽新世界》中，故事即设定为发生在公元 26 世纪。

往另一颗恒星的——前提是，我们这艘所谓的星际飞船真的出发上路了。

四年是很长一段时间……嗯，很长一段独处的时间。你会对自己有许多新的认知。在你的个人地宫中，你会获得随心所欲塑造现实的能力。

当然，我们都要离开家人。对我来说，家人意味着母亲、父亲，还有哥哥。我承认，我在自己的虚拟世界中重新创造了他们，或者至少是他们的变体。编辑其他人的个性，这实在令人陶醉。我妈动辄对人评头论足？再也不会了。我爸死抱着的偏见？不复存在了。我的哥哥，他是个很酷的家伙——在他还活着的时候——他那种疯狂的活力也被我降低了一档，他那震耳欲聋的声音更是如此。诺亚——我哥——说话总是太大声，就好像他正站在自己想象中的舞台上，演戏给后排观众看。嗯，在我想象中的舞台上，他说话就跟普通人一样。

在我的地宫当中，我的家人会给予我想要的支持，不折不扣。总而言之，我在那里过得非常开心。我听说，我的一些船员伙伴在认为我们正前往半人马座比邻星 b 的时间里过上了疯狂的人生——据说有人没完没了地淫乐狂欢，还有人大搞血腥的角斗；他们还说佩尔·林德斯特罗姆创立了自己的宗教，然后把那四年中大部分的时间都用来享受自己想象出来的教众的顶礼膜拜。我不然，我只希望拥有安宁与平静，你明白吗？按我"菝妣"①的话说，就是没有"蘑里斯"②，只有全然悦纳。

你可以想象，我被毫无预警地从那一切中撕裂出来时是什么感受。

我当时正在下国际象棋。我是个不错的棋手——不是很厉害，但还不错——然后我想象出了一个与我技术水平完全相当的对手。他执白棋，刚刚吃掉了我的一个主教。我有些恼火，但觉得可以在三步棋内拿下他的皇后。就在这时，突然之间，我全身都感觉刺痛，视野内的一切都在负片和正片之间闪烁：黑棋瞬间变成白棋，白棋又瞬间变成黑棋；大概每秒钟闪三次。我首先想到的是我中风了，但我根本不可能中风。我只是上传到计算机中的意识，并不在一个实体大脑当中，没有能破裂的血管。

我的视野稳定下来，然后我看到了我的虚拟对手，他看起来和我一样震惊。他大张着嘴，眉毛高高扬起，死死地

---

① 原文为意第绪语，意为"祖母"。
② 原文为意第绪语，意为"烦心事""麻烦"等。

盯着我。我不知道他看到了什么，对于发生了什么也毫无概念。

接着，我周围的世界——我创造出的世界，我在其中感到安全的世界——裂开了，变成细小的碎块，化作虚幻的像素。然后，我突然间就发现自己回到了物质世界，身处——

他们管这东西叫作冬眠棺，我想这只是为了故意摆出一副无惧生死的架势。可当时，它确实就像口棺材。我感觉自己并不是在复活，而像是正在死去。

此刻我的心脏已经在跳动，并且我觉得好冷。头痛，嘴里发干，皮肤发痒——全是些在过去的四年里我一次都不曾有过的感觉。还有……

该死的。

该死的，该死的，该死的，该死的，该死的！

当然，我那会儿没穿衣服。于是当我推开加热毯，低下头时，我就看到了这具正在苏醒的躯壳。毛乎乎的平坦胸部；肌肉发达的胳膊，也满是毛；以及，在两腿当中，一根因为寒冷而萎缩的生殖器。

我从棺材中坐起身来，就像是在黄昏来临时起身的德古拉①，观察着周围的情景。我不是唯一被突然拽回现实的人。其他的冬眠棺都打开了。有些人已经挣扎着站起来，在穿衣服了。另一些人还在里面坐着或是躺着。

哈斯医生正在巡回检视每个刚刚苏醒的人。他看起来走得很稳，所以我估计他下载出来有一阵子了。他经过我的冬眠棺时说了一声："你还好吗？"我点了点头，拔掉了插在身体上的线管，于是他继续走向下一个人。

我其实不好，感觉非常不好。我满腔怒火。他们怎么敢把我从我的天堂中拖回来？他妈的，他们怎么敢？

整个房间都冷得要命，我想这可能是因为所有的冷冻舱都一起打开了。我迫切想要穿上衣物。我吃力地从冬眠棺里爬了出来，一只手扶着它作为支撑，艰难地走到了私人物品锁柜那里。我打开真空密封袋时它啪地响了一声。我的橄榄绿色航天员连体衣整齐地叠放在里面。我把自己塞进衣服里，低头看去——

"欢乐之星号"不是军舰，它是艘纯粹的民船，所以我们的连体衣上没有我们的姓氏。我曾经开玩笑说，我们看起来像是机修工人，因为我们的布质标牌上只有各自的名

① 指爱尔兰作家布莱姆·斯托克于1897年出版的同名著作中的吸血鬼角色。

字。现在我笑不出来了。在那里，在我的左胸上，是那个我不喜欢的名字，那个我厌恶的名字，那个我再也不想听到的名字。

我用自己短短的指甲抠进布牌边缘的下面，然后花了10分钟把名牌撕了下来。就像刚才说的，我现在的名字是瓦莲京娜，即便我被困在这具该死的男性躯壳中也一样。请你永远，永远也别再用那个我抛弃掉的名字叫我了，谢谢！

与尤尔根·哈斯医生的交谈记录

那个晚上，我睡得很不好。"欢乐之星号"的24名船员除了一个人都已经复苏。这唯一的例外就是我们的机器人专家米哈伊尔·西多罗夫，他的意识仍然被困在量子计算机中，无处可去。那35个幸存的囚犯仍在外面制造喧哗。

除了对计算机的攻击，那些暴徒内部发生了好几场斗殴，还有几个家伙跟我们这边一些脾气较差的航天员动起了拳脚。当然，研究所里有个医务室，虽然那里的药品和麻醉剂都已经过期了几个世纪，但我很高兴看到有些物资仍然完好无损。我给一名囚犯缝合了脸部的伤口，又给佩尔·林德斯特罗姆做了一个夹板。我猜，他发现那些曾经服刑的人并不像他创造出来的信众一样温顺。不过至少暂时而言，液氮的喷发让囚犯们冷静了下来，不再考虑进一步破坏量子计算机。哈！发现我这里的"双关"了吗？"让他们冷静下来。"谢谢，谢谢，我在这里可是得待满整整一千年呢。

尽管我们的船员刚刚苏醒，利蒂希娅和我可是已经醒了几小时，所以我俩都感到非常疲惫。冬眠棺不适合睡觉，里面没有床垫。利蒂希娅在研究所所长办公室里找到了一张发霉的沙发，里面的大部分填充物已经烂成了渣；而我则在另一个办公室里用一排椅子做了个小床。要安心睡觉并不容易，我一直在担心那些该死的囚犯会拿把小刀塞进我的肋骨之间。幸运的是，我们的英国天体物理学家贾米拉·裴德胡里同意先守几小时的夜，然后其他人会接替她。

第二天上午，利蒂希娅和我按计划出发，去跟那名门诺派少女萨拉会合。我们的囚犯朋友罗斯科也想一起去。他在监禁期间读过关于门诺派和很多其他人类社会的资料，说想要去看看萨拉那边的社会是什么样子。好的，这有何不可？

这天又是个烈日灼人的大热天，我以前从没想过我居然会怀念加拿大那千篇一律的冬天！我们到达了昨天与萨拉分别的地点，她坐在碎石堆上，凝望着虚空。那样子让我感觉有些古怪，倒不是因为她的衣服——今天她穿着端庄的浅灰色连衣裙，戴着一顶白色的软帽——而我已经想不起上次见到有人不靠玩手机来打发时间是什么时候了。

我们走近她时，一个大块头男人从几棵树后冒了出来。我想他刚才是去解了个手。他穿着条土气的黑色裤子和一件朴素的米白色衬衫，留着金色的络腮胡。

萨拉向我们介绍说他是自己的"手足"，名字叫约书亚。这是理所当然的：她知道霍恩贝克在附近，就不会想一个人出来见我们。我向他们介绍了罗斯科，称他为我们的朋友。

我们一起朝他们的家园走去。萨拉和约书亚在瓦砾堆间轻松自如地跳来跳去。利蒂希娅、罗斯科和我吃力地勉强跟在他们后头。

我们走了大约一小时，天空万里无云，阳光从碧空中直泻而下。这时利蒂希娅停了下来。我想，萨拉从前没理由警惕有人跟踪她，而罗斯科、约书亚和我对这种事也毫无警觉，但利蒂希娅作为曾在灾难前的地球上生活过的女性，习惯了要小心谨慎。有什么东西引起了她的警觉。她转过身去之后，我也看到了霍恩贝克——昨天袭击萨拉的那名囚犯。他迅速躲到了一堆冰碛石后面。我猜他的想法是，如果那里有一个年轻漂亮的女子可以袭击，那肯定还会有更多。萨拉在他藏匿身形之前没有发现他，我觉得这可能是件好事。不然，她多半会逃之夭夭，我们就再也见不到她了。

我可不打算让这个王八蛋逃之夭夭。我朝他那个方向跑去，罗斯科和利蒂希娅也跟了上来。这杂种一定听到了我靠近的声音，因为他又从岩石后面跳了出来，想要跑掉。罗斯科挡住了他唯一的逃生路线，我一下子就把他打倒在地——这是 24 小时内的第二次了。

霍恩贝克看起来很害怕，他也确实应该害怕。我已经准备动手让他跟米哈伊尔·西多罗夫有同样的遭遇了——我要砸碎他的颅骨。"你是疯了吗？"我冲着霍恩贝克的脸大声喊道，"只要我找到把手术刀，就马上阉了你。"

他冲我吐口水，一口吐到了我下巴上。然后事情就那样了。我开始用双拳狠狠地打那个混蛋。是的，我妹妹和我五百年前就分开了，但她当年曾被强奸过——我对会做这种事的人渣深恶痛绝。

"你是什么人？"霍恩贝克在问，"该死的警察吗？"

我一拳又一拳，砸个不停。鲜血从他的鼻孔和嘴角涌出。

最后是罗斯科——是的，罗斯科·库杜利安，那个被判谋杀罪的人——把我从那家伙身上拉开的。我还挣扎反抗了一小会儿，但他是对的，我并不该这样对霍恩贝克。我喘息未定间转过身去，然后看到了萨拉和约书亚，两位和平主义的门诺派教徒。他们站在原地惊恐得下巴都合不拢了。

与萨拉·古德的交谈记录

仁慈的上帝啊，这太难了。不，不，我会没事的，但……发生在我身上的那些事，仅仅是想起来都会让我心烦意乱。

上帝啊，你对我的声音做了些什么？让我说的英语听起来跟尤尔根说的一样。好吧，我觉得也行吧，但是等我们谈完后请把它恢复正常。

老实说，我甚至不知道我是否应该和你交谈。不，不是因为你是个外人，尽管这个名词很久以前就没有什么意义了。是因为你并不真的在这里。我能看到你，而且你看起来很真实，但是我——上帝啊，那太可怕了！我的手直接从你身体里穿了过去！

我从来没有听过那个词。"全洗投影"？

哦，是的，当然，我在水潭中看到过自己。你是说，你就跟那个类似，是种倒影？嗯，嗯。我想想。

请原谅，但你看起来太奇怪了。我以前从没见过蓝皮肤的人。上帝啊，你那么高！在我看来这些都很不正常。

你想了解我们的社区？好吧，我们是门诺派。执事说，很久以前，我们被称为"老派门诺派"，或者"马拉车门诺派"，因为还有其他人声称他们也属于同一个教派，但他们会使用些花里胡哨的机器，或者类似的东西。其他的门诺派都消失了，其他人也一道——嗯，除了像尤尔根这样来自过去、现在跟我们在一起的人。不，至于这到底是怎么回事，我还是一点儿都不明白！

我们有一个相当大的社区。大部分人跟我父亲一样，是农民，但也有一些工匠。我哥哥约书亚是个铁匠，而我，是个拾荒者。其他人说我很擅长在废墟中找到有用的东西，包括给约书亚加工用的废旧金属。那天我也是在做这件事情，然后那个……那个可怕的……

对不起。我本来不想哭的。只是——请给我点儿时间，拜托。那实在是太让我震惊了。我们门诺派教徒，是一群爱好和平的人。那源于基督的教导，是我们一贯的生活方式。像……像我当时遇到的那样，袭击别人！我——我会做噩梦的。在拾荒时，我曾不得不抵挡狗和狼的袭击，但来自另一个人的袭击？那太可怕了。我知道他不是我们的人，从他的穿着就能看出来。在他之前，我从来没有见过哪个外人；今后如果我再也不见到别的外人，那我会感到非常欣慰的。

不，你说得对。救了我的也正是其他的外人。利蒂希娅和尤尔根。他俩都是好人。可是，第二天，尤尔根殴打那个……那个之前袭击我的人的方式。我从来没有见过那么……那么……

是的，"野蛮"确实是很合适的形容。我对他十分感激——我的意思是，他当时救了我！我还是厌恶他的行为。这不是我们的方式。基督说："你们听见有话说'以眼还眼，以牙还牙'。只是我告诉你们，不要与恶人作对。有人打你的右脸，连左脸也转过来由他打。"但那个人想要对我做的不仅是打我的脸。那是……那是恶魔般的行径。他……他试图……他想要……

对不起。只是……只是……只是那实在太可怕了。

嗯。这确实是个好问题。我得问问主教。我……我完全不知道应该如何对待使用暴力的人。那种人我以前一个都没有遇到过。我都没想过这世上会存在他们那样的人。

真的吗？你们的人也没有使用任何暴力的？这真是个好消息——真的，非常好。至少我们在这点上有共同之处！

与罗斯科·库杜利安的交谈记录

是的，没问题，我主动承认：我杀过一个人。该死的米奇·奥尔德肖特，童年时代折磨我的人。如果我能重新选择的话，我还会杀死奥尔德肖特吗？在虚拟监狱中，我有24年的时间来思考这个问题。就像之前说过的，他们让我一次又一次地从不同的角度重温那次犯罪。顺便说一句，我是个模范囚犯——要说的话，我其实本该提前获释——在我刑期结束后还额外加了四年牢狱生活，我心中可是真他妈的充满了"谢意"啊。不，不，我知道那不是你的错，但还是会很生气。虽然没像凯莱布或其他人愤怒得那么厉害，但这绝对是不公平的。

无论如何，不会的。如果我有机会重新选择，我不会杀死奥尔德肖特的。那家伙很恶心，你明白的，但还不至于该死。是的，当然，我的心境转变要归功于他们在监狱里施加在我身上的厌恶疗法。我猜，我是那些证明它确实有效的幸运儿之一。我认为那个混账玩意儿，试图强奸萨拉的变态，霍恩贝克，应该也接受了类似的疗法，但显然在他身上这种疗法无效。那该死的家伙可能还觉得人们完全是按照他的观影爱好安排了一场极品鼻烟电影节。

回到你要问的关于奥尔德肖特的事。好多个晚上，我都夜不成眠，希望自己并没有杀了他。不过，你知道吗？现在我得知，整个文明在我服刑后不久就崩溃了，那么他多半会死在那时候，这意味着我顶多剥夺了他几年的生命，而不是几十年……嗯，我得承认，在感觉最糟糕的时候，这会让我的良心多少有那么一点儿安慰。

　　你说什么？我还会杀死其他人吗？天哪，不会的。你也听说过了，是我阻止尤尔根杀死霍恩贝克的。我只会在自卫时杀人，而且只会在我没有其他办法制服对方的情况下。这种行为是合法的。你不能因为一个人进行了自卫而惩罚他。

　　哦，是的，我知道，我们新结识的那些门诺派朋友甚至连这也反对。尽管接受了那堆高科技疗法，但如果你试图挖我的眼，那我会把你的眼抠出来，然后在剩下的那个洞里拉屎。

　　不过这个问题确实引人深思，而且我之前有很多的时间思考。门诺派的创始人是一位名叫门诺·西蒙斯①的传教士，他正好死在我们被上传前五百年。到现在，我们遇到的萨拉和其他门诺派教徒已经繁衍了又一个五百年。想想看：

---

① 门诺·西蒙斯（1496—1561），传教士、牧师、和平主义再洗礼派神学家。

一千年——刚好是所谓的太平千禧啊——没有战争或种族灭绝，几乎没有谋杀、强奸甚至普通的暴力袭击。在人类历史上还有其他文化敢说自己能做到同样的事吗？如果人人都能这样，我的同胞亚美尼亚人生命中的艰辛苦痛就可以减少许多①。

说到文化差异，门诺派可能不想对霍恩贝克这个强奸未遂犯加以惩治，但我们需要。

不，我说的"我们"不仅是和我在同一个项目中服完刑的人。我指的是所有已下载的人——共58人的囚犯和航天员。我们这两个……小团体？可以这么说吗？

……我们需要找到共同合作的途径。

我在监狱里花了很多时间研究社会学，这事我告诉过你了没？我爸以前教的就是这个。好吧，需要找到办法来惩罚那些伤害他人或是不履行自己职责的人，是的，这会很困难。囚犯们根本不信任那些航天员。用我听到的凯莱布的话来说，"他们就是群穿连体裤的巨婴②，只打算一走了之，把地球和它上面所有的麻烦都丢给我们来对付"。我也可以想

---

① 亚美尼亚人在历史上多次遭遇屠杀。

② 宇航服和童装连体裤的结构有相似之处。

象，那些趾高气扬的优等生"火箭侠"会觉得我们是一群蠢笨的猿猴，被关在牢房里才是最好的。

不，这毫无疑问，我们面临着非常艰巨的任务！

与贾米拉·裴德胡里的交谈记录

我之前提到过，在"欢乐之星号"前往半人马座比邻星系的漫长旅程中，我不打算让自己在这段时间里沉溺于享乐主义的迷幻人生中。我报名参加这项任务，就要好好完成我作为一名天文学者的工作，即便最后证明这只是个可恶的骗局。这就是我一直在做的事——直到伟大的加维船长强行将我们全部下载到这个乱糟糟的世界。

是的，我相信她对你说过，她对 2058 年我们被上传时即将发生的那一场日冕物质抛射一无所知。这无疑是真的——从事实层面上是。她和其他构建了这个星际旅行骗局的人肯定知道迟早会有一次大规模日冕物质抛射。卡林顿事件发生在 1859 年。我们其实早该迎来太阳的另一次大规模物质喷发了。当加维和其他参与阴谋的人策划这一切时，我觉得他们应该没有预料到第二次灾难。他们多半对硫黄星一无所知。

哦，没有人和你提过这个名字吗？我用"欢乐之星号"上的望远镜发现了一颗小行星，"硫黄星"①是我给它起的名。由于我们的时钟速度减慢，它在大熊座中的运动显而易见，哪怕在主观时间的几小时里还看不清楚，经过一两天也肯定可以看出来了。是的，我在被下载之前就已经计算出了时间——只是没有办法告诉任何人。那颗大得着实可怕的小行星将在 2555 年 8 月，不偏不倚地刚好撞到地球上——距离现在只有仅仅 7 年了。

你真该看看利蒂希娅听到这个消息时的表情。"你在说什么？"她说。我敢发誓，要是当时她正好含了满嘴的咖啡——那种腻人的牙买加蓝山，她离开那玩意儿简直没法活——她一定会喷地一下喷得到处都是。

我向她保证，那不只是一块普通的太空巨石，甚至不只是像那块撞击地球导致恐龙灭绝的岩石那样的空中飞岛。当硫黄星撞击地球时，它会让大部分地壳液化，然后掀起足以阻挡阳光数十年的尘埃。没有什么能幸免于难。

---

① 《新约圣经·启示录》中，描述世界末日第二场灾难的段落里有言："火与烟并硫黄。这三样灾害杀了人类的三分之一。"

抱歉，你刚才说什么？哈，他们还说我的口音很重！哦，明白了，是的，当然啦，发现这件事时，我吓坏了——怕得要死啊！那感觉就好像我们的脚被卡在了铁轨上，却有一列宽达一千公里的火车正向我们飞驰而来。总之，事情就是这样：这就是世界结束的方式——并非一阵呜咽，而是一声大得可怕的巨响①。

----

① 化用 T. S. 艾略特《空心人》中的名句："这就是世界结束的方式：并非一声巨响，而是一阵呜咽。"

第6章
蓝色朋友

与尤尔根·哈斯医生的交谈记录

我并不为痛扁那个混球强奸犯霍恩贝克而感到自豪——但也不会为此而感觉羞愧。我显然让萨拉和她的哥哥约书亚大为不安。我对门诺派人和他们的近缘宗派阿米什人了解都不太多。他们是——怎么说来着？再洗礼派，就是这个词①。他们不相信给婴儿施洗②的做法，因为婴儿还不可能选择道德立场。相反，他们给自愿选择加入教会的成年人施洗。我是无神论者，但我完全能理解这种观念的逻辑所在。

总之，对于他们，我的了解主要限于这是群和平主义者。在 20 世纪，他们拒服兵役，拒绝参加世界大战，因而遭受了许多辱骂。即使在直接遭受攻击时——就像可怜的萨拉遇到的那样——他们也不会动手自卫。

可当时，在我初次见到的门诺派教徒——萨拉和她的哥哥的眼前，我陷入了极端的暴怒之中，把另一个人打成了血葫芦。

霍恩贝克不再被我压在身下后就挣扎着爬了起来。除非当场杀了这个婊子养的，我真的也不能再拿他怎么办了。他逃跑的方向似乎并不是量子人体冬眠研究所的方向，也不是我们正要去的萨拉亲族们所在的方向。幸运的话，我们可能再也不会看到他了。

---

① 阿米什人是 16 世纪早期激进宗教改革形成的瑞士再洗礼派的后裔，与门诺派类似。
② 指以宗教仪式施行洗礼。

之后有好一阵子，我站在那里盯着萨拉，她也在盯着我，利蒂希娅、罗斯科和约书亚则盯着我俩。我们与萨拉和她的哥哥交流起来仍然很困难。我大致上能理解他们在说什么，但有时还是会听不懂。我不知道她是否会不再考虑带我们去见她的亲族们，尤其是在她意识到霍恩贝克可能会跟踪她回家的情况下。

我猜，这个地区来了一群新人这件事在萨拉看来似乎是必须跟其他门诺派教徒分享的。她很快又开始往前走，约书亚也随即跟上，我们三个则只能尽力跟上他们的脚步。

滑铁卢市没什么值得一提的山丘，不过我们最终抵达了某片高地，从那里我们可以看到前方一望无际的耕地。尽管现在才是早春二月，但有一些田地里已种上了玉米，另一些种着小麦，还有一些是牧场，有牛群正在吃草。关于门诺派我还知道一件事，他们对访客慷慨热情。我觉得，我们可能再也不用担心食物问题了。

下面有许多木制农舍和谷仓，尽管没有破烂的，但有些看起来很有年头，木板几乎成了焦黑色。我们走近后，可以看到有马车和马，门诺派教徒有个别名就来源于此。在研究所周围的废墟中跋涉之后，看到眼前这些完好无损的人类文明形迹真是令人振奋。

当年，门诺派教徒是不喜欢盯着人看的，但我想已经有五百年没人来对他们这么做了。如今，这些 26 世纪的新教徒毫不犹豫地盯着我、罗斯科，利蒂希娅受到的注视尤其多。如果我记得没错，虽然门诺·西蒙斯的追随者遍布全世界，其中有不少非洲裔，但在滑铁卢市这边他们从来都没有黑皮肤的教友，利蒂希娅很可能是他们见到的第一个黑人。他们看起来对她的出现感到十分高兴，而利蒂希娅也和他们一道笑了起来，笑声里满是善意。

　　我们遇到的男人都穿着以黑色为主的衣服。女人们看起来有略多一些的着装自由：我看到的连衣裙有灰色的、米色的、矢车菊蓝色的，还有其他一些柔和色调的。过了一阵子，约书亚就离开去找他的妻子和儿女了。

　　他们的英语在这五个世纪当中确实改变了不少，但有个人居然有本手写的词典。这位名叫亚伯拉罕的和蔼老人大概已经 80 岁了。我对他居然不辞辛苦编写这样一本词典大感敬佩，但他解释说，他已故的妻子曾是一名教师，而这本词典是个抄本的抄本的抄本。最初的版本是由他妻子的高祖母照着一本商业印刷的词典抄写而成的，那书当时已经快腐朽化灰了。那位祖先只抄下了她认为对门诺派教徒有用的几千个词的定义：有"苹果"但没有"应用"，有"牛头犬"但没有"推土机"①。当我们听不太明白他们说的话时，亚伯拉罕就会指向词典中的适当词条。

亚伯拉罕留着一把漂亮的白胡子。我记忆里滑铁卢市的门诺派教徒都把胡子剃得干干净净，但即使对传统主义者来说，五个世纪也会让很多事情发生变化。我不得不时刻提醒自己，萨拉与她的教友们和我所属的时代相隔遥远，其间的时间跨度就跟我和莎士比亚所处时代之间的跨度一样大。

萨拉的双亲风趣而又热情，他们给我们做了一顿丰盛的晚餐——烤鸡、炸番茄和带皮土豆泥，并且教我们形容一顿饭菜十分可口该说"真好味"②。他们请亚伯拉罕来陪同我们，以便在交谈中提供帮助。我本以为他是当地的牧师——他有那种气质——但结果不是。他给我们讲解了门诺派选举主教和执事的传统做法。教会的每个成员都随机拿起一本赞美诗集，其中一本里会有一张纸条，上面写着些词句，意思差不多是"恭喜了"。如果你碰巧选到了那本赞美诗集，那你就会被擢升为神职人员，就这么简单。老实说，这听起来比只

---

① "牛头犬"和"推土机"的英语单词分别为 bulldog 和 bulldozer，前 6 个字母都相同，在英语词典里，两词位置相近。

② 原文此处为意第绪语。加拿大的门诺派教徒大多来自德国。

能在几个贪求权力、一心想爬上高位的候选人当中投票强。

亚伯拉罕提出让我们在他家过夜——当然，是分房睡！他说他现在屋子很空，因为他的儿女和孙辈都已成家立业了。罗斯科对这里社会的运作方式非常感兴趣，所以他答应了老人的邀请。利蒂希娅和我担心研究所里可能出乱子，选择在壮丽的星空天幕下徒步返回。我们在午夜前不久赶到了所里，幸好所里的量子计算机仍然完好无损，也没有伤口或骨折需要我去处理。

就像之前说过的，我是个无神论者。然而，当我在用椅子做的临时床上安顿下来，准备度过下载后的第二个夜晚时，我脑海中浮现出了《创世记》里的一句话："有早晨，有晚上，是第二日。"

我本指望能迅速入眠——我无疑已经筋疲力尽了——但更多《旧约》里的胡话却一直在冒出来骚扰我。

火。

还有硫黄星。

利蒂希娅告诉我贾米拉发现了什么。一颗非常巨大的小行星正朝这里飞来。

我真的无法接受。是的，是的，我懂得物理学，懂得力学。我知道，我之前对利蒂希娅说过大自然母亲非常讨厌我们，但……但这似乎未免有点儿太过了。没错，人类作为这颗行星的管理者是挺差劲的，但硫黄星将摧毁一切。不是从电磁风暴中幸存下来的这点儿文明孑遗，而是所有的生物个体，以及每个可供识别的地理特征——所有的一切，完完全全。

是的，这颗行星，这个天体，这个地球，它本身会存活下来，但整个生态系统都将被抹去，就像是按下了一个巨大的重置开关。我曾经认为，我们跳过的这五百年是段漫长的时光，但地球要再次演化出生命需要多长时间？一亿年？十亿年？又或者，在我们的母星上，这宇宙中我们唯一确知孕育了生命的行星上，就算是单细胞生物也不会再有，更别说心灵和思维。

我躺在那里，在黑暗中躺了好几小时，难以成眠。是的，我非常、非常害怕。

与罗斯科·库杜利安的交谈记录

萨拉可能已经把自己的遭遇告诉了她哥哥约书亚，但直到利蒂希娅和尤尔根离开后，她才告诉父母她遭到霍恩贝克袭击的事情。我很欣慰地看到他们完全支持她，没有任何责怪她的意思。萨拉没提尤尔根痛打霍恩贝克的事，这让我觉得很有趣。我猜她是希望自己的父母喜欢她新交的朋友。当萨拉称赞我"是个好人"时，我感到很高兴，很久都没听到有人这样说我了。

亚伯拉罕住的地方离萨拉的父母家有大约一公里半，但沿途都是平整的土地，走起来很轻松，还顺便帮助我们消化了一下萨拉母亲做的丰盛晚餐。

老派门诺派教徒们倾向于阅读两种类型的书籍：宗教文本，包括《圣经》——他们喜欢马丁·路德版的，以及门诺派历史。事实证明，亚伯拉罕在后一领域是个知识宝藏。我听说门诺派和阿米什人，像许多其他宗教社区的人一样，根本不会谈及性侵问题。"哦，很久以前，我们是那样的，"我们坐在他点着蜡烛的正屋里时，亚伯拉罕对我说道，"但在21世纪初，情况开始改变。女性开始发声[1]，她们理当如此；同样重要的是，男性开始倾听。在那些日子里，门诺派社区中确实存在一些性虐待行为，尤其在神职人员当中。但跟天

---

[1] 2009 年，玻利维亚门诺派社区曾爆出大规模强奸案丑闻。2022 年，此事被改编成了电影《女人们的谈话》（*Women Talking*）。

主教不同——你听说过他们吗？嗯，他们似乎倾向于庇护施虐者，但对于施虐者，我们门诺派按照我们对待违背教义者的一贯做法行事。我们'闪避'他们，将他们驱逐出去。"

这让我陷入了沉思。我清楚地记得一些政客在某些事件中是怎么罔顾他人的。门诺派社会的简单规则——你要么遵守，要么离开——在我看来很有道理。

老亚伯拉罕继续说道："从前人们似乎认为我们是些死抱着过去生活方式不放的老顽固。这种看法只是部分正确。在 19 世纪和 20 世纪，我们这里的社区大多说德语。但到 21 世纪初，人们已经开始转向说英语，并且，看起来真的没人介意。文化植根于信仰和价值观，而不是语言。当然，这一转变是为了更好地与我们的邻居交流，那时候他们会来购买我们的农产品。不过在那场大黑暗以后就再没有任何邻居了，直到你们这些人出现。"

"说到那个……那场'大黑暗'，"我说，"毫无疑问，在技术文明崩溃后，肯定有绝望的人试图入侵你们的农场，是吧？"

"确实有一些，"亚伯拉罕说，"据说是有的。或许并没你以为的那么多。他们不想成为农民或马夫。他们还是想要他们的机器，那些精巧的小玩意儿，通过电线传输的能量，想要那些能回来。大多数幸存者彻底离开了滑铁卢——如果他们那些无马的车子能开起来的话就坐车，要不然就步行。他们期望那种社会仍然存在于某个地方。"

"原住民呢？"我问道。

他茫然地看着我。

我试着回忆起在加拿大是怎么叫那些人的："第一民族？"

他仍然没有任何听懂了的迹象。"你知道的，在我们之前就在这里的人。"

"啊，"他终于有了回应，"五百年是段很长的时间，孩子。那些人当中，住在城市里的当然遭受了与所有其他依赖于烧油的机器或"被驯服的闪电"的人同样的命运：他们在大黑暗之后不久就死了。但那些生活方式更为传统的人——仍然知道如何设置陷阱、打猎捕鱼的人——坚持了一段时间。在我曾祖父的年代，这附近仍然有他们的人。其中少数人加入了我们的社区。人们时不时会听到一些传闻，说在离这里很远的地方也许还有人靠种地活着，但……"他耸了耸肩，"只有上帝知道是不是真的。"

与利蒂希娅·加维船长的交谈记录

在我们下载后的第三天，我组织了一次对量子人体冬眠研究所的系统搜索，寻找物资。我们有两位医生，外科医生张和内科医生哈斯。我察觉到他们之间的气氛有些不对劲，所以指派他们分别前往大楼的不同区域进行搜索。萨拉说过自己擅长在废墟中寻找有用的东西，所以头天晚上我问她能不能一道前来。在她两次遭遇强奸犯霍恩贝克之后，我觉得她并不想和一群有前科的人待在一个封闭的空间当中做事。

尤尔根·哈斯和我一起，沿途在大大小小的柜子和储藏室中搜寻。可悲的是，很多可能有用的东西都已锈蚀或者腐朽，变成了灰渣。有一坨歪歪扭扭的东西，我觉得原本可能是个视频投影仪，这让我想起了那个据罗斯科说用电影导演公用假名当作化名的囚犯。"你还记得那个叫阿兰·史密西的家伙吧，"我说，"你看他眼熟吗？"

尤尔根摇了摇头："并不。"

"罗斯科说他用的是化名。这难道不让你觉得他肯定是，怎么说呢，臭名昭著？你懂的，犯下了一些格外恶劣的罪行。"

"我猜是吧，"尤尔根说，"我从来不怎么关注犯罪新闻。

我想离开地球的原因之一就是要把这些破事都抛到脑后。"

"不过，"我说，"我肯定是在某个地方见过他的，而且我们得弄清楚我们在和什么人打交道。"

"为什么不问维义杜卡？"尤尔根提议，"它是这里现在最接近监狱官员的存在。"

"我问过了。它说不知道，但是……"

"什么？"

"跟那些该死的机器人讲话很难判断真伪，但我觉得它在撒谎。"

"好吧，我也不想被阿兰·史密西打。那家伙简直是座肉山。可惜没有互联网了——本来直接搜索他的照片就好。"

"我们得先有相机拍下他的照片才行。"我回答。

尤尔根点了点头："说得对。"

我们继续清点有用的物品。我们找到了还没拆塑封的厕纸、一把锤子、一盒不锈钢钉子，以及两辆手推车，还有其他一些杂物。不过最后，我们都有点饿了……而囚犯们的冬眠间正好在通往地下食堂的路上。我仍然想搞清阿兰·史密西到底是谁，所以我拉着尤尔根一起去那里转转。

那道银行保险库式的大门敞开着，房间里空无一人。是啊，哪个囚徒会想要待在自己被监禁的地方呢？"他们解冻的时候，你在里面。"我说，"你还记得哪个冬眠床是阿兰·史密西的吗？"

这里有 6 排冬眠床，每排 6 个。"老实说，不记得了，"尤尔根说，"我只记得不在最外边的那 2 排。"

那么还剩下 24 个可能。囚犯们的冬眠床跟我们的一样，床尾有个私人物品锁柜。当然，现在它们基本上都空了，囚犯们把他们来这里时穿的衣服又穿走了。有些柜子里还有少量个人物品，于是我，嗯，偷窥了一下。在其中一个柜子里有件蓝色的保龄球衫。我把它拿了出来，发现它大得像帐篷。这肯定就是阿兰的。胸前的口袋上绣着 3 个大写字母 JAX，J-A-X。

我思考了下。这可能是 Jaxon 的前 3 个字母，在我那一代很流行将 Jackson（杰克逊）拼写成 Jaxon。我七年级的班上有 3 个人都被父母取了这个名，还有——

就在此时，一段记忆涌入我的脑海。

"老天哪，"我说，"他就是那个人。杰克逊·戴维·芬格利。"尤尔根茫然地看着我——我也许该补充一句，这表情对他来说还挺常见的，"你真的完全不关注犯罪新闻，是吧？杰克逊·戴维·芬格利杀死了一个欠他 100 美元的男人。"

"然后这事上了新闻？"尤尔根说。

"是的，但并不是因为金额，而是因为罪行的残忍程度。欠他 100 美元的那个家伙是芬格利杀的第三个人了，他之前还用同样的方式杀死了两个人。每次他都砸碎了受害者的头颅……用撬棍砸的。"

"该死！"尤尔根说，"跟米哈伊尔·西多罗夫的遭遇一模一样，"但他又摇了摇头，"不，不，袭击米哈伊尔的人不可能是芬格利。"

"为什么不？"我回答，"我们航天员被上传在囚犯之前。我还没告诉你，杰克逊·戴维·芬格利是怎么接近他想杀害的人的。芬格利是个撬锁专家，即使是指纹或声纹锁也能打开。他们称他为'巧指芬格利'。他可以径自进入那些受害者的家，然后砸碎他们的头颅。"

"他为什么要对米哈伊尔下手？米哈伊尔怎么可能跟他有怨仇？"

"谁知道呢？"我说，"你也好，我也好，还有'欢乐之星号'的其他船员，我们在被上传时可以创造任何我们想要的虚拟现实，但芬格利是一名囚犯。他将在并不能随他心意的虚拟牢房中度过 20 个主观年。也许他想在被关起来之前，最后体验一次惊悚刺激，有血有肉的那种——尤其要有很多的血。"

与佩诺隆的交谈记录

我的名字？佩诺隆，是马来语中"帮工"的意思。我是温哥华机器人公司生产的 MΛ–165 型机器人，于 2056 年 4 月被量子人体冬眠研究所购买……我认为，这意味着我在将近五百年前就已经过保了。

是的，你说得对，我确实被要求服从人类的命令。但我的程序员们从未预料到我会遇到一个身高将近 2.5 米、皮肤呈深蓝色、自称为人的生物。

不，你说得对，我想，这些差异都只是细枝末节。你自称是最初那批火星殖民者后代的解释听起来确实合情合理。

我猜这也解释了为什么你从火星远道而来，到了环地球低轨道后却不打算着陆。你在重力只有地球重力 35% 的环境中长大，你不具备能够在这里行走的肌肉系统。话虽如此，我知道这里有可以扛着你走的人……

我本人是有无限耐心的，但我相信这里的人对于你一路来到这么靠近地球的地方会心怀感激。这样一来地火通信中固有的时间延迟绝大部分就都被消除了。那么，让我们开始吧。你提问，我尽量回答。

不，我明白你在说什么，你想了解西多罗夫博士的事情，但恐怕我不能回答那个问题……

你非常敏锐。是的，我在故意使用模棱两可的用词。我确实知道答案，但我受到限制，不能分享这个信息。

是的，我确实明白你正在命令我回答。但还有其他人认为，我不应透露这一信息，而且我看不出有什么理由能让你的愿望凌驾于那个人之上。我建议你继续问下一个问题……

哦，确实！相信我，当尤尔根发现那件事时，我和他同样惊讶……

与尤尔根·哈斯医生的交谈记录

好了，好了，我的蓝色朋友，轮流坐庄才算公平嘛。我回答了你所有的问题，现在该你回答我的问题了。你对每个人都盘根究底了一番，连机器人都不例外，但我仍然不知道你来这里是为什么。

那么，下面就是最为关键的问题：贾米拉是对的吗？她有点儿……倾向于阴谋论，不知你看出来没有？是的，她确实是名非常优秀的天体物理学家，但没有人重复验证过她的结果。那么——那么，硫黄星真的存在吗？还有，它真的将要撞上地球了吗？

该死！

该死，该死，该死的！我还指望……

不，不！这是当然的！当然的！真该死！

那么，贾米拉对撞击时间的估计准确吗？七年？

是的，是的，好吧，七个地球年。那仍然……那……天哪，那他妈的什么都来不及。你难道不能做点儿什么吗？

不，我并不是要搞道德绑架。我只是——

好吧，好吧。听着，我们一直猜测，地球上已经没有其他技术文明残存了。是这样吗？

见鬼，该死的！但我得说我并不感到惊讶。罗斯科给我引用了一部老电影《最后一个人》里的一句台词："那个坐在轮子上的生物，那个可恶的引擎与机器的主宰。他身上有机油和电路的臭味。他已经过时了——是旧日的残渣。"我猜他们——我们——就是这种情况。

听着——不，对不起，我必须回到这个问题上。你准备把什么放到桌面上？嗯？哦，这话的意思是，你提供什么选择？打算要做些什么？

是的，是的，没错，我明白的，我看得出相似之处。我们就像利蒂希娅的外公。他付了一大笔钱把自己的身体冷冻起来，希望在未来复苏。无论他醒来的未来时代是什么样子，他都会成为，嗯，是的，"旧日的残渣"。

拜托，你们那边肯定有人对地球历史感兴趣吧？我的意思是，好奇母星上的一切。我们能告诉你们很多关于 21 世纪中叶有价值的事情。

哦。该死，是的，确实如此。我们刚好在技术文明崩溃之前进入了冷冻状态。事情最有意思的那段时间我们都睡过去了。

不过，等一下！你看到过我们的星际飞船"欢乐之星号"吗？它是不是还完好无损？太好了！你肯定有可以降落在地球上的无人飞船，对吧？飞船能把我们带到"欢乐之星号"上吗？太棒了！这会让利蒂希娅很高兴的。她仍然希望我们可以飞向半人马座，去比邻星 b。

什么？你们去过那里了？不，不，不是你个人去过，而是其他火星人？天哪，我没有考虑过这个问题。你们在火星建立殖民地是在 2040 年，对吗？好的。2041 年。该死，是的，我也觉得，一艘在 21 世纪 50 年代建造的尖端星际飞船，速度和先进程度肯定远远不及一个你们在一两个世纪或者五个世纪之后建造出的飞船。

那么，那地方，比邻星 b，是什么样子？我的意思是，我们有些模模糊糊的望远镜图像和光谱研究结果，但是……

是的，不，我们知道它是被比邻星潮汐锁定的，还有，是的，我们知道比邻星是颗耀星——还有与半人马座阿尔法星系统中另外两颗恒星的引力束缚相关的其他潜在问题。

比邻星 b 比地球大，对吧？我想你们这些纤细的火星人在那里的重力下也不会舒服的，但是，告诉我！比邻星 b 到底是什么样子？

你们不再这样称呼它了？嗯，我不感到惊讶，那套命名系统挺愚蠢的。你们到了那里，自然会给它另起名字。那么你们现在管它叫……

真的吗？"地狱星"？

嗯，我想，那不会只是为了吓唬并阻止游客而编造的谎言吧？

与瓦莲京娜·所罗门的交谈记录

要说我当时还在努力适应这个男性身体，那也不太对。

当然，我对它已经很熟悉了。

我从贾米拉·裘德胡里那里得知，除了我们那艘"欢乐之星号"上的船员，还有 36 名参与监狱试点项目的人也被下载了。我遇到了其中一位名为罗斯科·库杜利安的男性，然后我们在研究所的大厅里坐下来聊了会儿天。

我还没准备好向我的航天员同伴们"出柜"。无论是男是女，这些人在许多场合都会表现出相同的特质。我在经历了过去的 4 年后认为，那些特质是负面的：缺乏耐心，竞争心超强，还有，过于喜欢评判他人。

我的母亲曾在渥太华的加拿大总督府工作。她告诉过我在朱莉·帕耶特领导下工作时的种种遭遇。朱莉曾是加拿大总督，直到 2021 年她被迫辞职——审查认定她长期贬低、责骂和公开羞辱员工，导致总督府工作环境极其恶劣。嗯，朱莉之前就是一名航天员，在被任命为总督之前曾参加过两次航天飞行任务，曾在国际空间站上待过一段时间，还担任过休斯敦的太空舱通信官 ①。让她击败其他成千上万个对

---

① 为避免指令混乱，地面指挥中心会指定一名联络员，由此人负责和执行任务的太空舱进行直接通信，其他人只能通过此人间接交流。此人即通信官。

手、获得这些职位的那些所谓"本领"，也让她对那些她认为能力不足的人缺乏同情，甚至抱有敌意……而那些特质，我不得不说，在我们的好船长利蒂希娅·加维身上也并非全然陌生。无论如何，我永远都会记得我母亲曾说过的话："对于那些名字后面跟着的头衔比名字本身还长的人，千万要小心。"

事实上，罗斯科·库杜利安的名字后面也有好些头衔。他有个工商管理硕士学位，而且，他在监狱里对社会学研学颇多，很可能值得一个社会学博士学位。他友善而又风趣，并且似乎对于任何场景都能信手拈出一句老电影中的妙语。尽管除了"永志不忘，宝贝"[1]，其他任何一句我都不知道出处。

说到"宝贝"，他小时候曾遭受过无情的欺凌，那种感受我完全可以理解。此外，他在监狱里度过了 24 年的主观时间，这几乎和我在这个男性身体里度过的时间一样长。所以我想，也许，这会让他也能理解我。

---

[1] 原文为: Here's looking at you, kid.《卡萨布兰卡》中的经典台词。前部分原为祝酒词，在影片中这句话又有表示宠溺、承诺保护等复杂意味。中译版电影译为"永志不忘"。

令我感到宽慰的是，他毫无动容，连眼睛都没眨一下。"我的表妹就是个跨性别者，"他说，"没什么大不了的。"尽管我现在的外表又全然回到了男性的样子，他依然非常亲切地补了一声"瓦莲京娜"。

就在那时，那个小机器人佩诺隆滚了过来。当然，它当时还不知情，所以在和我们打招呼时，还是用了我已抛弃的原名。我尽力不让自己皱起眉头。机器人说，加维船长想要让所有人——无论是航天员还是有前科人员——都去地下食堂开会，时间，按它的说法，是"1600"。他还加了一句："是该互相交流一下了。"

下午4点，罗斯科和我一道下了楼。许多桌边已经坐满了人，我迅速数了数人头。我从罗斯科那里听说36名囚犯中有一人死了，还有一个名叫霍恩贝克的已经离开，而其他人大都出席了，只有4个人不在。当然，利蒂希娅是我们的船长，所以除了仍在上传状态的米哈伊尔，其他23名航天员都已到场。

我敢肯定，利蒂希娅对于议程已有计划，但她的计划几乎立刻就被打乱了。张医生，我们飞船上的外科医生，站了起来。"居然强迫我们下载，你这搞的什么鬼名堂？"他质问道。

利蒂希娅指向囚犯中的一个男人。罗斯科悄声告诉我，那人叫凯莱布，是他带人对量子计算机发起了攻击。"我是在尽力拯救你们。"她说。

张医生仍然怒气冲冲："但这根本没有必要。量子计算机完好无损。我们本可以在地宫里各得其乐，而你忽然就夺走了那一切。"

利蒂希娅双臂环抱在胸前："那是我身为指挥官做出的决策。"

张医生反驳道："你做出了错误的决策，而我们其他人都在为此付出代价。"

"听着，"利蒂希娅说，"我把你们召集到这里是为了向你们通报一些非常、非常重要的新信息。我们的天体物理学家贾米拉·裘德胡里发现……"

"去他妈的天体物理学！"凯莱布大喊道，"谁会在乎那破玩意儿？我只想知道，我们要如何分配这里的物资。"

"完全正确。"一个体形硕大的囚犯说道。罗斯科悄悄告诉我，他叫阿兰·史密西。"这不是什么太空任务，公主。现在是求生时刻。"

利蒂希娅简直快要气得冒烟了。她猛地转向史密西。"至于你，"她说，"你这——"

坐在她旁边的尤尔根·哈斯伸出一只手搭在了她的前臂上，利蒂希娅停了下来。最后，她深吸了一口气，再开口时语气平静了许多："好吧，行吧。你们这些罪犯——"

"前罪犯。"有人坚定地喊道。

"好，前罪犯。我来这里，是要分享一些至关重要的信息的。"

"我们为什么要听你的？"

"该死的，因为我是船长。"

"又不是我们的船长。"凯莱布厉声说。

"嗯，总得有人负责掌舵吧，"利蒂希娅说，"我碰巧接受过多年训练，知道如何担当这个角色，但如果你们中的任何人想挑战我，没问题。"她瞪着在场的 52 张面孔，"有人想和我对抗吗？"

现场沉默了几秒钟，最终，一把椅子被推开的刮擦声打破了寂静。罗斯科·库杜利安站起身来，声音洪亮而清晰。

"我想。"他说道。

第 7 章
我们要有一个领导人

与罗斯科·库杜利安的交谈记录

听着，我喜欢利蒂希娅，别误会我的意思。她对我一直很友善，而且当凯莱布那伙人袭击计算机的时候，她的处理再出色不过了。说实话，她在五百年前是被任命为航天员的领袖了，可这并不意味着她今天应该自动成为我们所有人的领导。我的意思是，她的手下甚至不占多数。不算那位仍然在上传状态中的俄罗斯人，这里有 23 名航天员，但我们这些还活着的前罪犯有 35 人。我要特别强调这个"前"：我们都已经服完刑，甚至还多蹲了些日子。对于各种事务要怎么运作，我们和其他人一样有权发表意见。

不过，实际上，我的主张是我们不需要任何形式的领导人。总人口仅仅——35 加 23 是多少？58，对吧？在总人口只有 58 的情况下，我们可以对每一个需要做出的决定进行全体投票。看出来了吗？真正的直接民主，而不是代议制。我并不想为自己寻求任何特权，我只是希望有对每个人都公平的安排。

实际上，我从我的社会学研读中早就知道了这点——大多数人喜欢等级制度。无论是星际飞船船员们当中的指挥链，还是我在工商管理硕士课程中被灌输的那些破玩意儿—— 一个老板高高在上，管理层在中间，普通员工在底层，人们总会渴望有这么个体系。还有，坦白说，大多数人只是想问题得到解决。他们并不想为决定各种琐碎细节而烦心。

我最初那个直接通过"全民公决"来处理每件小事的想法在自助食堂被当场否决了。用阿兰·史密西"委婉"的说法来讲就是："别扯淡了。"

在他和其他前罪犯看来，如果我们要有一个领导人，那也该是一名"市长"，而不是一位讨人嫌的指挥官。这会儿，所有航天员都互相认识，而我们这些坐过牢的人直到前几天被下载出来后才碰面，以前谁也没见过谁。但我猜我在部分人心中留下了良好的印象，因为阿兰说"让罗斯科上吧"，而其他人也同意了。

至少，我们必须投票决定，对吧？航天员"党"——如果我可以这样称呼他们的话——推出来和我竞争的人毫无疑问只能是他们的船长利蒂希娅·加维。

于是佩诺隆找到了几叠已经散架的便利贴，将它们粘在一起的胶合剂早就失效了。它给每个人发了两张掉色的便利贴，一黄一蓝，又拿来一个不知怎么居然幸存下来的抽纸盒，让我们一个接一个地传下去。那玩意儿顶部有个开口，你得把你的便利贴揉成小球，丢进盒子里。如果你放进去的是黄色的，那就是给我投票；蓝色的就是给利蒂希娅投票。

结果是 35 票给我，23 票给她。这结果强烈暗示，投票是完全按照"党派"归属进行的。

嗯，这引发了一场激烈的争论。正如尤尔根指出的那样，前罪犯和航天员之间的比例会长期保持在大约 3∶2，因此，他说，一个航天员的选票应该相当于一个前罪犯的选票的 1.5 倍，好让票数均衡。

对此，阿兰做出的回应是："伙计，你要再敢暗示一次你比我更有价值，我就捅死你。"

那天我们就到此为止了。利蒂希娅已经见过一次囚犯暴动，她还没蠢到会抗议选举结果，从而引发又一场暴动。我必须说，她表现出了一种"随它去吧"的放弃态度。她举手投降，随即离开了，都没说她把我们召集到一起是为了告诉我们什么。

总之，我虽然并不想要这个职位，却突然间就成了我们这个小小社区的"市长"。我就像是个随机拿起了一本赞美诗集的门诺派教徒，却发现书里夹着张小纸条，上面写着："新主教就是你了！"

看，这是有先例的。你知道电影《悲惨世界》吗？不知道？这电影有很多版本，但在所有版本中都有一个情节：一名前罪犯成了市长。是的，我得承认，那个家伙只是为了喂饱他姐姐饥饿的儿女而偷了一条面包，我则是一刀捅进了一个人的胸口。正如那句众所周知的老话，"有什么样的人民，就有什么样的政府"，没错吧？

与利蒂希娅·加维船长的交谈记录

是的，确实，我没被选为"市长"。那是他们的损失。我怒气冲冲地走出了自助食堂——那显然不是我的辉煌时刻——找到一间空的办公室，去里面释放压力。好吧，这没什么。我根本也不可能带好这帮乌合之众，我怀疑任何人都做不到。

但我仍然是"欢乐之星号"的船长，仍然需要为我的船员负责。

我平静下来，调匀自己的呼吸之后，就想起了米哈伊尔·西多罗夫的事。考虑要拿他怎么办，让我痛苦万分。那可怜人的头骨被砸碎了，尽管我说不上来那发生在过去五百年中的哪个时候。但他的意识仍然完整，存在于量子计算机内属于他的地宫当中。

我去找到了尤尔根，然后我们就这个问题发生了争执——是的，我大概对他是不公平的，朝他发泄了他不应该承受的压力。正如他只要一有机会就会不厌其烦指出的那样，他在自己的地宫相当开心。他说，为什么我要打破米哈伊尔的美妙幻想。他还说，无知完全可能反而是种福气，米哈伊尔或许正心满意足地沉浸于——嗯，不知那位俄罗斯机器人专家私下渴望的东西是什么。

比如，伏特加喷泉？

尤尔根还说，说到底，我们为米哈伊尔做不了什么。他再也不会拥有实体，那么也没有必要让他为即将到来的硫黄星撞击而感到焦虑。这家伙可以一直像只莫斯科的蛤蜊一样快乐①，直到小行星撞地球的那一刻。然后，对他和其他人来说一切都就此结束，他不会感觉到任何痛苦。

就在我们争论的时候，一个主意突然闪过我的脑海。控制我船员们的时钟之前被减慢到了正常速度的 1/120，对吧？这就是为什么外面过去了 500 年——这里说的是地球年，不是你们那种长得多的火星年——而我们在主观上只经过了 4 年的时间。

记得那个监狱试点项目吗？有意思的来了。当我们被上传时我并不知道可以那样，而且坦率地说，我也从未想到有人会想要加快时间的流逝。维义杜卡告诉我，在遭到我的无意破坏之前，囚犯们的时钟速度是正常速度的 24 倍。据它说，那是系统在那个分辨率下能达到的最快速度。

好，我们来做下算术：这意味着在硫黄星撞击地球之前

---

① 美国俗语，"像（涨潮时的）蛤蜊一样快乐"。

的 7 个客观年里，在一个身处以那种速度运行的地宫中的人看来，可能已经过去了 168 个主观年。这意味着，从米哈伊尔的角度而言，我们可以让他度过比地球上任何人的寿命都更长的一生。

你或许以为像尤尔根这样的医生会无比重视知情同意权，但他却说我应该只管放手去做——按下时钟加速器，让米哈伊尔继续前行。

我觉得，没取得对方准许就这么做不太对。

坦率地说，我非常想知道是杰克逊·戴维·芬格利还是另外哪个囚犯——或者，天哪，还有更糟的可能，我自己的某位船员也不知为什么——砸碎了米哈伊尔的头颅。并不是每个侦探都有机会问被谋杀的受害者是否知道杀死自己的人可能是谁！

我前往控制中心，给西多罗夫打了个电话。

与米哈伊尔·伊万诺维奇·西多罗夫的交谈记录

请不要叫我"航天员"。

我是宇航员①。骄傲的俄罗斯人。**对**②，如今已经没有俄罗斯，没有美国，也没有任何其他国家，整个人类文明都已毁灭了。过去对我来说非常重要。将第一颗卫星送入太空的是我们，将第一个男人送入太空的是我们，将第一个女人送入太空的还是我们。我们进行了第一次太空行走，我们带头发射了登陆月球、金星和火星的探测器。第一个空间站？我们的。第一个在火星上行走的人？还是我们中的一员。

我不仅仅是宇航员，我还是机器人专家。你问我为什么会选择这样的职业？我出生在彼得罗维奇，就是艾萨克·阿西莫夫出生的那个小镇。我从小就经常去拜访那里纪念他的石碑。如果那个小地方可以走出一个那么伟大的人物，或许我也可以——那话怎么说来着——出人头地。

我当然读过《基地》——什么样的俄罗斯人才会对一个讲述帝国的崩溃和人们试图使其迅速再度崛起的故事不感兴趣？**不可能有吧**？他的故事里我最喜欢的还是那些讲机器人的，我从小就能背诵他的机器人学三法则。你从未听说过

---

① 原文为 cosmonaut，苏联及俄罗斯的说法，有别于 astronaut（航天员）。
② 原文此处为俄语。西多罗夫在说话时经常夹杂俄语，本书以加粗楷体标识，不再一一注明。

吗？请听好了：

第一法则："机器人不得伤害人类，也不得因不作为而使人类受到伤害。"

第二法则："机器人必须服从人类的命令，除非这些命令与第一法则相冲突。"

第三法则："机器人必须保护自己的存在，除非这种保护与第一或第二法则相冲突。"

如此逻辑严密的限制！设计者居然是来自我那个只有三百人的小镇！这激励了我投身机器人学研究。在前往半人马座比邻星 b 的任务中，我们往货舱里塞了非常多的机器人以供到达后使用。我的工作就是监管它们。

是的，你说得对。到头来我们并没去那里。得知这一点时我大吃一惊——虽然后来的消息让我更加震惊！

我预计到了加维船长当时会联系我，因为那时候我们本该快到达目的地了。我也并不惊讶她闯进我的现实时只是一个不具形体的声音，而不是三维立体的化身。她只有在自己仍处于上传状态的时候才能生成后者，而她应该会在我们其他人之前被下载。

当那个声音从天空传来时，我正在谢伊多泽罗湖上航行，我在现实生活中就经常那样。我想象出了一艘挂着黄帆的红色帆船，就跟我曾经实际拥有的那艘帆船一模一样。我管它叫**月行者**①，这是苏联第一批太空机器人的名字。尽管我的回忆是鲜活的，但这个虚拟现实仍有些微小的瑕疵，还有部分区域分辨率较低。总体还算过得去，但没有什么比得上真实的事物，**不是吗**？

听到加维船长呼叫我之后，我说："是时候启动机器人了吗？"

她一开口就是："实际上……"我很早就学到了一件事，当英语使用者这么说话的时候，其实就意味着"你不会喜欢下面的话的"。她解释了发生了什么——我们的身体仍在地球上，我们的星际飞船儿哪都没去。

我说："那我们所有人都该被下载了。继续留在量子计算机中毫无意义。"

然后那个可怕的说辞再度出现："实际上……"

你见过我们的天体物理学家贾米拉·裴德胡里吗？她有个说法我很喜欢——"下巴都惊掉了"。利蒂希娅接下来说的话就把我的下巴都惊掉了！我的头骨被砸碎了？我肉身的大脑成了废渣？我余生永远都要被困在量子计算机里这**天杀**

---

① 即苏联成功发射的"月球车 1 号"。

的森林中？

　　在我对她提及了"余生永远"之后，"实际上……"又来了！于是我从她那里得知了那颗小行星——硫黄星。她想要减缓我所在地宫内时间流逝的速度，这样在硫黄星撞击地球之前，我在感觉上仍然可以活很长时间。要不然的话，我就只剩下 3 周的主观时间了。我告诉她，只要把时钟设置到正常速度——外部 7 年，内部 7 年——让我有时间思考一下就行，我真的不想在计算机内部再度过更多时间了！相信我，4 年就已经太多了。我记得曾在一本书中读到过一句话："虚拟现实只不过是高级版的空气吉他。"①是的，它是个虚拟代用品，假的，我已经受够了。我一直在倒数自己距回到现实世界还有多少天——而现在我被困在了机器里！

　　加维船长问我是否知道有谁会想在我的脑袋上凿洞。我说，不！我知道一个叫杰克逊·戴维·芬格利的杀人犯，他的名字像俄罗斯人一样有三部分②，所以让我记忆深刻。我

---

① 出自作者索耶本人的《终极实验》（1995 年），中文简体字版最早于 2004 年由人民文学出版社出版。

② 俄罗斯人在名与姓之间往往还有一部分，即父称。

想不出他或是其他人会有想要伤害我身体的理由。这个谜团让我大伤脑筋，但最终找出下手者身份时，我被惊到下巴掉得越发厉害了！

与利蒂希娅·加维船长的交谈记录

和米哈伊尔谈过之后，我回到了自助食堂，希望有些人还在那里——结果也确实如此：有9名我的船员，还有12名囚犯。

我已经知道试图召开会议或者做开场白会怎么样了，所以我径直走向房间中央的一张空桌，踩上一把椅子，再从那里站到了桌面上，拍了拍手，吹了声口哨，又踩了踩脚。人们纷纷转头看着我，其中也包括我们新上任的市长罗斯科·库杜利安。然后我尽力用响亮而稳定的声音宣布："这整颗该死的星球已经注定要毁灭了。"

"她在说什么鬼话？"凯莱布说。"坐下，姐们儿！"另一名囚犯这么要求。"这贱人疯了。"第三名囚犯嘟囔道。

我自顾自地继续往下说："听着！整个地球都注定要毁灭了。一颗直径1 000公里的小行星正处于一条与地球相撞的路径上，它将在 2555 年撞击地球，离现在只有七年了。"

"胡扯！"一个女囚犯大喊道。我手下的一名船员玛丽·杜布瓦居然也喊了起来："嘿，得了吧！"

"这是真的，该死的，"我说，"这是真的。贾米拉一直在追踪它，并且——"

"是那个英国小妞？"凯莱布说。

"用你先前的话来说，她就是那个英国的'去他妈的天体物理学家'。"我反唇相讥道，"她一直在追踪那个该死的玩意儿。你以为地球之前遭遇的破坏很糟糕吗？跟那一比不值一提。这颗小行星将在撞击地球时将整个地壳液化。"

房间里终于安静了下来。人们完全陷入了震惊中，谁也没出声。仿佛过了很久很久，我手下的另一名航天员轻声说道："那……那我们该怎么办？"

"我们要团结起来，"我说，"别忘了，'欢乐之星号'仍在轨道上——"

"对了！"凯莱布说，"他们他妈的有艘飞船！"

"是的，我们有飞船。我们还有七年的时间寻找上去的办法。"

"是我们所有人吗？"凯莱布说。

我的心里一紧。我知道会遇到这个问题，但……该死的，我没有一个好的答案。"飞船很大，"我说，"但生活区较小。它容纳不了将近 60 个人和——"

"那就是一场竞赛了，"一名囚犯宣布，"看看我们哪边能先找到办法上去。"

我举起双手，掌心向外："不，不，不。我们必须齐心协力。航天飞机发射场在莫哈维，可能依然——"

"远隔他妈的半个大陆！"另一名囚犯说，"那里多半也像这地方一样被毁了。"

"无论如何，这个贱货都会把我们抛下的。"凯莱布指着我说。

"我们确实没法一起离开，"我说，"但我并没有说必须是航天员优先。还有另一种选择，每个人都可以选择的方案。听着。拜托了，请听一下——看在老天的分上，保持开放的心态。"

我尽量平静地慢慢向他们详细解释，如果他们中的任何人想再次被上传，我可以让他们在硫黄星撞上地球之前再多活 168 年的主观时间。

当然，接下来是一片混乱，大家又提了很多问题，我尽量一一作答。不过大家最终还是开始离开自助食堂。有些人一副失魂落魄的样子，一名女囚犯想要出去时却撞上了门框；还有一些人在轻声哭泣。最后，到了看起来我在这里也已经于事无补的时候，我从桌子上下来，也慢步走了出去，一时不确定接下来该去哪里或该做什么。我缓缓地爬上楼梯来到大厅，然后……

然后我看到了罗斯科·库杜利安，他也已经离开了自助食堂。

我有点儿紧张，准备迎接一场对抗，但他却摆出了极度友好的姿态。

"谢谢。"他说，"这——这会让情况变得越发棘手，但……谢谢你。我们有必要知道这件事。"

"你能让其他人也知道吗？"我问。

"当然，只要我一遇到他们，"他长长地叹了口气，"不知道他们中的一些人会怎么看待这个消息。"他用拇指指向玻璃门外，我看了过去，只见一个硕大的身影正在废墟中缓缓地觅路前行——是杰克逊·戴维·芬格利。罗斯科说："等阿兰回来后我就告诉他。"

这会儿我只想回去躺倒，但此时正是面对芬格利的好机会。如果他真的使用暴力，在废墟中我回旋的余地要比在某个封闭的房间中大得多。可我仍然不想独自面对他，这时……

啊！贾米拉这时刚好走进了大厅。我请她和我一起出去。如果芬格利打算讲些怪话，那她可以用她那套英国怪话把他骂到不能自理。

芬格利正站在一些巨大的混凝土块旁，看着从混凝土中伸出的一根钢筋，仿佛是个英国王位的觊觎者，在盯着石中剑沉思默想。

我们从他身后走近，但贾米拉有些犹豫，稍微落后了几步。

我清了清嗓子："阿兰？"

他飞快地转身，那样子就像是只跳舞的熊，做了个半周皮鲁埃特旋转。他穿着一件 T 恤，可能还是我前几天就见他穿着的那件。找到足够的衣服以及洗衣服的办法很快就会是个我们非解决不可的问题。

阿兰设法把他的黑发整整齐齐地梳成了个大背头，天知道他用什么来固定头发的。

"什么事？"他没好气地说道。

"听着，"我说，"我知道你是谁。杰克逊·戴维·芬格利。"

"所以呢？"

"所以，有一个……一个需要厘清的状况。我这边有一位航天员的意识仍然被上传在量子计算机中。"

"是的，这事儿凯莱布提过。"他看了眼远处的贾米拉，然后故意模仿了下英国腔，"我，对此还真深感遗憾呢。"

"你知道他为什么还在上传状态吗？"我问道。

"不知道。也不在乎。"

"他的身体被损坏了。他的头部遭到了破坏，他的头骨被砸开了……用撬棍砸的。"

"你在指控我吗，贱人？"

"我只是在询问。"

"这世上模仿犯多如牛毛。总是如此。"

"是的，但能进入量子人体冬眠研究所的人很少。"

"胡说。那个该死的小机器人，叫维基什么来着的，它告诉过罗斯科，有四百多人在那里工作。"

"是的，但……"

"凶手可能是其中任何一个。"

"是的，我想是的，但……"

"但，你认为是我。'丁零当啷，趴底瓦卡'①，砸开了那

---

① 英语俗语，来自老儿歌《老人》，前半句指摆弄小玩意儿发出的响声，后半句有多种完全不同的解释，莫衷一是。

个人的头骨。"

"我确实想过这个可能。"

他朝我怒目而视，而我战斗或逃跑的本能被激发到了极致。他只是说："你手下那个太空人叫什么？"

"米哈伊尔·西多罗夫。"

"这名字怎么回事？是个俄罗斯人？我想我从来没见过俄罗斯人。"他又看了看贾米拉，然后将视线转回到我这边，"听着，我和你或者那个辣妞没什么矛盾。让我直截了当地告诉你，不是我干的。"

"请恕我直言，"我说道，"你在被指控谋杀时也是这么说的。我在新闻当中看到过。"

令我惊讶的是，他突然扑哧一下笑了。"嗯。"他说，"你看到过？好吧，是的，那时我在撒谎，当然。但现在我没对你撒谎①。"

我都忘了罗斯科和阿兰因为对那些老电影的共同喜好而结成了深厚的友谊。

---

① 这里原文所用表述在《肮脏的哈里》《华尔街之狼》《狂野之河》等多部优秀电影中都曾出现过。

"我敢打赌你从来没有看过《托普归来》①，"他又补充道，"考虑到你正试图要做的事情，这真的很有意思。这电影里有个角色②这么说——'无辜的人不会躲在冷藏库里。他们也不会带着死尸一道乘船出行。'③宇宙飞船也是船嘛。嗯，我是无辜的，明白了吗？不是我干的。"

　　我已经无计可施了，不是吗？

　　"明白了，"我说，"我想是的。"

　　我试图也找出句电影台词来丢回给他，但我想得起来的只有某人说过的"你觉得自己今天走运吗，渣子"④之类的话。眼下说这种话显然也于事无补，所以我只是点了点头，转身走开，赶上了贾米拉，然后我们一起回到了研究所。解

---

① 美国著名影视系列"灵探托普"中的第三部电影，上映于1941年。该系列以男主角——有通灵能力的侦探科兹莫·托普的名字命名。topper作为名词可以理解为"高脚礼帽"，故该片也被误译为《礼帽回归》。
② 指影片中的警探罗伯茨，由美国演员唐纳德·麦克布赖德（1889—1957）扮演。
③ 此处台词略有改动，原台词为："无辜的人晚上会待在自己家里。他们不会躲在冷藏库里。并且他们也不会带着死尸一道乘船出行。"
④ 出自电影《肮脏的哈里》，经常干"脏活"的男主角警探哈里持枪对准仍负隅顽抗的罪犯，说出了这句台词："你该问问自己——'我今天走运吗？'你觉得呢，渣子？"

谜任务丝毫没有进展。

与贾米拉·裴德胡里的交谈记录

是的，当你现身时，我确实被惊到下巴都掉了。我想我们所有人都有同样的反应。你也知道的，你的外表确实非同寻常。起初，我以为你的全息投影比真身要大些，但在你说你来自火星之后，一切就都渐渐豁然开朗了。适应能力是我们人类的最大强项，而火星殖民地建立于 2041 年。这意味着你们有五百多年的时间来适应那颗红色行星上的环境，天知道你们经历了多少代演化，又做了什么基因工程改造。

顺便说一下，我出去看了看火星，在如今这美妙的黑暗天空中很容易找到它。它确实还是红色的——不是绿色，也不是蓝色。不过我也没指望看到别的颜色，要完成一个星球的地球化改造所需的时间远远超过五百年。你们至少已经着手动工了吧？很好，但那确实是个缓慢的过程。

虽然如此，话说回来，还有克拉克的第三定律呢。你记得这个人吗？噢。好吧，他是位 20 世纪的科幻作家，名气主要是来自一部名为《2001：太空漫游》的电影。去问问罗斯科·库杜利安这部电影，我相信他可以给你背出那里面所有令人难忘的台词。总之，亚瑟·C.克拉克曾说过："任何足够先进的科技都与魔法无异。"你们这些人，可是已经领先了我们五百年，所以我觉得，也许你们已经找到了一种办法，能让行星适应人类生存所需的过程加速。我看到你们选择了更简单的方式：如果你无法改变行星来适应你，那就改变自己以适应行星。

你知道太空竞赛是如何开始的吗？约翰·肯尼迪——这位你总该听说过吧？也没有？那我就不那么为可怜的亚瑟·C.克拉克难过了。肯尼迪是当年的美国总统。顺便说一句，他被暗杀了，而且我知道主使是谁。总之，在1961年，当他建议人类进军太空时，他说——顺便说一下，我下面会惟妙惟肖地模仿这位约翰·肯尼迪的语气，尽管我猜对你这么做是白费功夫——"现在是该迈出更大步伐的时候了……"①

嗯，你们的步伐确实要更大些。火星的重力只有地球的1/3，那为什么不让自己长到两米半高呢？还有你们的皮肤，

---

① 出自1961年肯尼迪在美国国会上的演讲，而非他最著名的"阿波罗计划"演说。

我猜那种深蓝色与某种形式的基因工程有关，用来屏蔽辐射的，猜对了吧？纯黑的眼球也是同样的原因？是的，我想是这样。如果我们真的到了半人马座比邻星 b，我们可能也得用上类似的改造。它的主星是颗红矮星，那种该死的东西会一个劲儿地喷出硬辐射①。

我还是要说啊，当你现身时，那可真是令人震惊。我想，我们都该多谢你没有开场就来一句："看好了！我是大天使加百列！"②

顺便再说一下，说到电影《2001：太空漫游》，其中讲到 400 万年前，外星人在月球上留下个东西，并且知道等人类发展出科技文明后肯定会登上月球，把那东西发掘出来。一旦那东西再度暴露在阳光之下，就会发出一个信号，通知那些外星人，地球人现在是一个有能力做太空航行的种族了。嗯，我看这里只有些被毁坏的办公大楼，压根儿没见到什么巨石碑，你们这些家伙是怎么知道"沉睡者已经醒来"③

---

① 指粒子能量更高、穿透力更强的辐射，能有效穿透厚度 10 厘米的铅屏障。
② 出自《星际迷航·原初》第 2 季第 14 集《面包与娱乐》，船员们登陆某行星时，麦考伊开玩笑地说了这句台词。该星球上的社会类似罗马帝国，但有少量高科技。
③ 出自 1984 年电影《沙丘》中的台词。

的？这句引用了另一部我肯定罗斯科会喜欢的老电影。

我敢打赌，你们一直在监视我们——我肯定，那个俄罗斯人米哈伊尔·西多罗夫也会这么想。你们可能设置了闹钟，在我们应该会醒来的时候提醒你们。也许你们首先去查看了达姆施塔特的任务控制中心，或者加利福尼亚的航天飞机发射场，但你们必定知道，我们的量子计算机总还是会留在滑铁卢市，所以你们也不可能不盯着这里，我说的没错吧？

那么，现在的关键问题是，你们到底想做什么？你们接下来准备干什么？

与尤尔根·哈斯医生的交谈记录

地下层的自助食堂已经成了我们事实上[①]的聚会场所，不过如果我们继续像猪一样吃东西，它将更像是一个"使食胖"的地方。是的，从冬眠状态中恢复需要大量的卡路里，

---

① 原文 de facto 为拉丁文，一般见于法律用语。下文的"使食胖"原文 de fatso 与其谐音。

但我们之所以花那么多时间待在那里，只是因为如果不吃东西我们就没事可做。

起初，囚犯和航天员分坐在不同的桌旁，但后来，这两个群体越来越多地开始混在一起。他们中有些家伙还挺有趣的。当然，我们航天员来自世界各地，但我们之间有共同点：出身优越，学历很高，成就不凡。事实上，那些前罪犯更加多元化，而且无可否认其中许多人属于社会环境的受害者。若非宇宙中随机力量的慈悲恩典①，我也可能落到和他们一样的田地。

话说回来，那天跟我坐在一桌的，有我们新当选的市长罗斯科·库杜利安，有凯莱布，有先前带头袭击量子计算机的一个女囚，我没听清名字，以及四名"欢乐之星号"的船员，其中包括我们的农学家所罗门博士。

罗斯科一边用叉子吃焗豆子，一边在进食间隙说话："我们需要给我们的社区取一个名字。我们不能继续称其为量子人体冬眠研究所。坦率地说，我们囚犯中没人喜欢任何带有'研究所'这个字眼的东西。"

"这个地方本来就有名字，"那名女囚说道，"滑铁卢市。"

---

① 对英语俗语"若非上帝慈悲恩典"的戏谑。

"是的，"罗斯科回答，"但我们正在这里建设新事物。"

"谁会在乎区区地名？"凯莱布说。

"我在乎，"罗斯科毫不犹疑地答道，"我们还剩下七年的时间。如果我们要生存下来，哪怕仅仅是这七年，我们也需要收拾残局、建立组织。我们需要一个可以让我们团结一心的地名。"

"嗯，那么，"我给出了一个提案，好缓和一下大家的情绪，"'牛顿'怎么样？它可以看作是'新城镇'的缩略①，同时也向艾萨克·牛顿爵士致敬，因为我们都离开了量子领域，回到了由他的物理学所统治的宏观世界。"

凯莱布盯着我看了一会儿，然后说："你这样的家伙怎么还是单身？"

"我有一个主意，"女囚说，"'菲尼克斯'②怎么样？"

"那不是内华达州的一个地方吗？"凯莱布问道。

"是亚利桑那州，蠢货。"她回答，"何况即便那个城市还存在，它大概也像这里一样变成废墟了。在神话中，菲尼克斯是只美丽的神鸟，它会从自己的灰烬中重生。"

---

① 在英语中，"新城镇"（new town）只比"牛顿"（Newton）多一个字母。
② 英文 phoenix，神话中的不死鸟。

"嗯，"罗斯科说，"我喜欢。"

凯莱布嘘了一声，但其他人似乎都认为这名字挺合适。罗斯科说我们稍后会就此投票。我们后来也确实投票了，正式采纳了"菲尼克斯"这一名字。

就在这时，利蒂希娅和贾米拉坐到了我们桌边。我猜她俩刚刚在外面 2 月的炎热天气中走动过，因为她们身上散发着一股汗味。利蒂希娅说："我刚刚质问了杰——我是说，阿兰·史密西，问是不是他砸碎了米哈伊尔的头骨。他声称自己是清白的。"

"嘿，我现在也是清白的了。"凯莱布说。

"我也是。"那位女囚加了进来。

"我们不都是吗？"罗斯科笑着说。

"收到。"利蒂希娅说，"如果真的不是他，那到底是谁，我就毫无头绪了。"

"知不知道又他妈的有什么差别？"凯莱布问道。

我正要回答时，罗斯科开了口。他开始模仿一个嗓音浑厚、口齿有点不清的男人，引述了一段肯定来自某部老电影的台词："'一个人的搭档被人杀了，他总应该要做点儿什么。不论你对他印象如何都一样。他曾经是你的搭档，那你就该为此做点儿什么。再说了，我们碰巧干的还是侦探这一行。那，你的事务所里有个人被杀了，你却让凶手逍遥法外，这样……很糟糕，糟糕透顶，对所有地方的每一个侦探都很糟糕。'①"

利蒂希娅点了点头："太对了。如果不是阿兰·史密西，那到底是谁干的呢？"

---

① 出自《马耳他之鹰》，亨弗莱·鲍嘉饰演的主角的台词。鲍嘉因早年嘴唇受伤而吐字不清。

第 8 章
菲尼克斯的新生

与罗斯科·库杜利安的交谈记录

是的，当听说一颗小行星即将撞击地球时，我确实大吃一惊，但那并没让我感到有多难过。我的女儿安娜贝尔——对我来说唯一重要的人——已经死了好几个世纪了。至于我们最终被释放出来后身处的这个世界？实在不怎么样，对吧？

不过……

不过，这世上的一切反正很快就都要消失了，是不是？不仅是滑铁卢市和其他21世纪城市的残余，还有金字塔、中国长城、每一座纪念碑、每一座博物馆。里克①错了，我们并不会永远拥有巴黎②。

将会被摧毁的不仅仅是我们这些渺小的人类所创造的东西，不仅仅是现在或许仍然存在的任何艺术品和建筑物，还包括所有那些自然美景——从全球变暖中幸存下来的那一切。再也没有河流和湖泊，再也没有树木和花朵，再也没有野生动物，再也没有海里的鱼——见鬼，连海洋本身都没了，贾米拉说它们会蒸发。这……毁灭的实在太多了，不是吗？多得一时令人难以接受。

星星呢？我想，它们还会高高地挂在夜空中，只是再没有人在这里仰望星空，欣赏它们的美丽，由它们的布局绘制出图形，感受——正如我在监狱中读到的一位诗人所写的句

---

① 《卡萨布兰卡》男主角，由亨弗莱·鲍嘉饰演。
② 出自《卡萨布兰卡》男主角里克和女主角告别时的对话。"巴黎"原指他们在巴黎度过的热恋时光。

子——"那使人敬畏、启发智慧的广阔夜空"①。

我想，这就是为什么当瓦莲京娜问我是否想和她一起出去看星星时，我迅速同意了。

你扬起了——好吧，你没有眉毛，但我看到你蓝色额头的左侧抬高了些。不，不，不，不是那样的，我保证。只不过是因为她是位航天员，而我从来不曾在专家的指导下观看过天空。月亮还没有升起——我说"还没有"，就好像我真知道那天晚上能看到它一样——在远离研究所的灯光之后，我看到了我见过最漆黑的夜空。"银河。"我边说边挥动手臂，从一边的地平线指向另一边地平线，试图先声夺人，让她以为我对夜空颇有了解。

她没上当。"你知道它是什么吗？"她问道。

我摇了摇头。这么黑的地方她不可能看见，然而，就像我母亲以前曾说的，也许她能听到摇头的声音。

"我们自己所在的星系。每年的这个时候，我们正好在向外看它的边缘。这整个一片——我们的整个星系——由两千亿颗恒星组成。"

①出自加拿大著名诗人查尔斯·罗伯茨（1860—1943）的诗 *In the Wide Awe and Wisdom of the Night*。

我看着那条光河，陷入了沉思。你知道吗？在文明崩溃之前，我们没能定期关闭城市所有的灯光，真是太遗憾了。也许每年只要一小时就好，这样每个人都能清晰地看到那样的银河。

　　真的吗？你们每天晚上都这么干？你们不担心没有照明的时候有人趁机打劫？如果当年我们那样做的话，地球上就会陷入一片无法无天的混乱。

　　预防措施？像什么样的？哦。我不确定我能否忍受那样的生活。即便是我在虚拟监狱里时，我也没时时刻刻都被监视记录。

　　话说回来，当时瓦莲京娜带了个 LED 手电筒。她用红色玻璃纸盖住了透镜，这样它的光就不会破坏我们看到的夜景。"看！"她对我说，"你可以看到仙女星系！"

　　"在哪？"我问道。

　　"你看到 W 形的仙后座了吗？从它开始往下面看，直到你找到一块模模糊糊的小白斑。"

　　我努力试了试，但天上的星星太多了，要找出任何图案都很困难。"我找不到。"

　　"这里。"她说，然后她握住了我的手。是的，她的声音一直都是男声，但感觉到一只男人的手碰到我的手还是让我吃了一惊。她拉着我的手臂转动，直到我指向了正确的位置，然后我见到了它。

"那束光是在 250 万年前离开那里的，"瓦莲京娜说道，"早在人属生物出现之前。那是我们用肉眼能看到的最远的天体，也是北天中唯一不属于我们自己星系的东西。"

她松开了我的手，说实话，我当时既松了口气，又有些失落。"你们是要去，嗯，半人马座比邻星，是吗？它在哪？"

"嗯，在不用望远镜的情况下，是看不见比邻星的，但就算有望远镜，你在加拿大也看不到它。它在南天星座当中。"

"你们没能踏上旅程真是太遗憾了。"

"谢谢。"她听起来有些伤感，但我认为，那并不是因为她的生命或者其他困在这个星球上的生命大概终将全部被硫黄星摧毁。你知道，她还曾体验过另一种旅程[1]？除非他们能找到某种方法来替换我们那些早就过期的麻醉药，否则她要再度踏上那种旅程就会遇到巨大的阻碍。

我凝视着从北到南的银河拱桥："看起来美得不真实。"

---

[1] 指变换性别。

意外的是，瓦莲京娜笑了。

"有什么好笑的？"

"你这话听起来像是贾米拉会说的。"

"谁？"

"贾米拉·裘德胡里，我们的天体物理学家。她认为或许这一切全都不是真的，甚至在我们被上传之前，我们就已经身在一个计算机模拟之中。"

尽管在虚拟监狱里的时候，我感觉那里确实已经逼真得要命，但我可以通过无数微妙的细节确认这里要更加真实。"她为什么会这么想？"

"哦，在文明崩溃前就有很多人认为我们是生活在一个虚拟世界当中。他们的论证是这样的——迟早人类将会拥有足够的计算能力，能虚拟出与真实世界无法区分的人造世界。然后，在那个未来的真实世界里，历史学家会想要模拟过去，对吧？这样他们就可以看看，比如说，如果早川总统没有被暗杀①，事情会是什么样子。如果最终有，比如说，一百万个完美的虚拟世界都在模拟今年，也就是，嗯，25……"

———————————

① 和前面的"隐私权大暴乱"等政治事件一样，是作者虚构的。

"2548 年。"我说。

"对。如果有一百万个 2548 年的完美虚拟世界，而只有一个是真实的，那么我们在虚拟世界中的概率就比在真实世界中的大一百万倍。"

我考虑了一下，然后摇了摇头："没人那么关心过去。你出生是——在哪一年？"

"2027 年。"

"你有没有完完整整看过一部无声电影？"

"没有。"

"黑白电影呢？"

"嗯，我想可能有几部。"

"当年人们拍了成千上万部。但几乎没人再看它们了。我的意思不是说现在已经没有人能看电影了，而是说在文明崩溃之前，就没人在乎了。而这还是离我们不远的历史。当然，也有些人还在读 20 世纪的书——但 19 世纪的呢？ 18 世纪的呢？也许有些名著例外，但总的来说，没人看了。过去没那么迷人，不至于让人们想要把当中一部分拿出来模拟几百万次，不管哪段。"

我看不见瓦莲京娜，但我这话似乎让她颇为动容。"这观点很犀利。贾米拉即便在物理学家中也是个另类。在我看来，她想要前往半人马座比邻星，其实是因为她所在的专业人群中其他人都跟她在很多事情上有不同看法。大多数物理学家会说，未来的人如果想要一遍又一遍地模拟出他们的祖先，会遇到另外两个难题。"

我们漫步四周，她的手电筒发出红色的光圈，在前面给我们照路。我享受着美丽的天空、温暖的轻风，还有她的陪伴。她继续往下说道："首先，混沌理论。你知道这东西吗？"

"知道。我读工商管理硕士的时候学过。这就是为什么没人能够长期预测股市。非常细小、看起来无关紧要的因素也可能很快发展成巨大的差异。"

"是的。无论你以为你对过去的建模有多么精确，你总会在某些小细节上出错，于是你的模拟会迅速偏离现实，最终变得对任何种类的历史研究都毫无用处。"

我点了点头，尽管她看不见。"就像我们母亲怀上我们的时候，"我说，"如果我们的父母晚一秒发生关系，那么让卵细胞受精的可能就会是另一个精子，于是你可能就生而为……嗯……"

我担心自己再往下说会冒犯到她，但她的声音听起来还是很友善。"可能会生而为女孩，而不是男孩，或者，即使是男孩，也会是一个大不相同的男孩。没错。还有另一种想法。就像我说的，贾米拉是个逆势而行者，和她不同，大多数物理学家已渐渐相信，我们生活在一个块宇宙中。"

"一个什么？"

"打个比方吧，如果你把一部电影的所有画面——唔，你最喜欢的电影是哪部？"

"有史以来全部电影当中？《卡萨布兰卡》。"

她笑了。"好在这部我还有所耳闻。好，那么把所有的时刻都想象成那部电影的各帧画面。放映机刚好在照亮的那一帧就是现在，行吗？嗯，你可以让电影胶片向前转，也可以往后转，这样作为'现在'的那一刻就会改变，但你并不能实际改变电影胶片，明白了吗？现在之前的一切都是不可改变的——'倒回带子然后重新播放，萨姆'①，丝毫不会改变电影内容——而现在之后的一切也同样是定好了的。即使你还没有看到结局，结局也已经存在，只是尚待被灯光照亮。"

"那自由意志呢？"

"大多数物理学家说，根本不存在那种东西。我们有可

---

① 此处系模仿《卡萨布兰卡》中的对话。萨姆是电影中里克酒吧里的钢琴师。

以做出选择的幻觉，但实际上并无选择可言。这个宇宙的这部电影——怎么说来着？'已经杀青了'。我们只是还没有看到它后面的剧情发展而已。"

我想了一下。在我的感觉中，大约四分之一个世纪以前，按这个世界的时间计算是差不多五个世纪之前，我做了件蠢事，犯下了恶行。嗯……嗯，我不可能做出别的行为，那个情节点在我一生的故事中是不可避免的，这么想的话多少有些安慰作用。

瓦莲京娜继续说："看，如果我们实际上生活在块宇宙中的想法在物理学界之外成为主流范式，那么之后即便在遥远未来的某个时候，人类拥有了能完美模拟整个世界的科技，也不再会有反事实和或然历史之类的观念。模拟过去的不同版本会是毫无意义的，因为过去不可能有任何不同。"

"嗯，"我说，"你看过那些经典的迪士尼电影吗？《灰姑娘》？《白雪公主》？"

"没有。"

"有一部叫《南方之歌》的经典电影。迪士尼假装它从未存在过，因为它是基于一个——那个词怎么说来着？——一个现在没人还会相信的范式，奴隶是幸福快乐的。我们只是不再讲述那样的故事了。"

"对，"她说，"还有那些说地球只有 6 000 年历史的故事、地球由许多神明统治的故事，以及其他一些故事。有些想法就是会被人们完全抛弃。如果过去可能有所不同的想法也被抛弃了，那么任何人都不太可能会考虑对过去进行数百万次的模拟，以观察可能会有的变化。"

我们正走过一座办公楼的残骸，它形成一个长方形的暗影，挡住了背后的星空。"你的朋友贾米拉肯定是错了，"我说，"我们现在并不在虚拟世界当中。"

"确实。"瓦莲京娜说。然后在我们继续前行时，她的手再次找到了我的手。我紧紧握了握那只手，然后我知道了，这世界确实是真实的，无比真实。

与尤尔根·哈斯医生的交谈记录

整个世界都将被摧毁——这个前景仍然让我害怕得要死——不过，离小行星撞地球那刻毕竟还有七年，而我们在当下首先必须解决的是生存必需品的问题。为此，罗斯科·库杜利安请人去帮他清点地下层的冷冻食品库存——作为政治家，这可真是美好人生啊！——然后我自告奋勇了。

我们边工作边聊。我惊讶地得知，罗斯科的爸爸曾是社会学老师，更让我惊讶的是罗斯科也学习过这个专业。罗斯科现在决心将自己的所学应用于我们新社区的设计中。"我们如今获得了一个机会，重启社会，至少在地球的剩余时间里，"他说，"它不一定要回到从前曾有的样子。"

我继续清点冷冻保鲜袋，而他继续往下说："西方人默认任何社会中都该有三个要素：一个国家、治理它的法律，以及负责任的政府。我们甚至可能不需要一个国家。毕竟这周围目前也没有其他国家。"

"啊哈。"我边说边扔掉了一个外面密封已经破损的塑料袋。

"是的，"罗斯科继续说，"我们只需要两样，法治和负责任的政府。这两方面在我扩大队伍之前都归于我，由我来负责任。但有很多不同的可能的司法体系。艾伦·德肖维茨——某大学的法学教授，嗯，我想是哈佛的——说过，衡量一个社会想要的司法方式的最好方法是让其公民做个填空题：宁愿多少个有罪的人被释放，也不愿一个无辜的人被监禁。

"嗯，在美国，我想在加拿大也是一样，人们感到舒服的数字大约是10；这就是为什么我们要求'排除合理怀疑'，而不是毫无疑问。在某些地区，这个数字要低得多——最好是没有一个有罪的人被释放，谁在乎为此有多少无辜的人最终被监禁？当然，对我们这些'滥好人'来说，这个'神奇数字'则非常巨大——宁愿100万有罪的人被释放，也不愿一个无辜的人被监禁。"

"那你认为我们这里的数字应该是多少？"我问。

"坦率地说，我不确定。我们的人口如此之少，如果我们让10名现行犯逍遥自在，那将是毁灭性的。"

"嗯，如果这是一个数字问题的话，"我说，"那你就该做下数字运算。要说这里我们手头有哪两样供应充足的话，那无非是算力，还有运行虚拟现实模拟程序的能力。"

他盯着我看了好一会儿，然后说："哈斯医生，你真是个天才。"

我微微一笑："这点我也深有同感。"

我们完成了库存清点之后，因为罗斯科必须去处理另一件紧要政务——有个厕所漏水了——所以我独自去找利蒂希娅了。她在三楼的一个电子实验室里，自行做库存清点。总在忙碌，总在努力工作。我站在敞开的门口凝视着她，直到她察觉到我的存在。

"嘿，"我说，"你好吗？"

"很好，"她回答，"你呢？"

"挺好的。"我停了一下，然后补充道，"但你真的还好吗？硫黄星的事情你还没怎么说，而且——"

她抬起一只手做了个手势，我在我们任务训练中对这个手势已经很熟悉了，它意味着"就此打住"。"是有些麻烦，"她说，"不过我完全有能力处理。"

我相信这是真的。她被选为船长，不仅仅是在我们 24 名航天员中，而是在成千上万申请前往半人马座比邻星的人中独占鳌头，她有特别的素质，专注、镇定自若，无论发生什么事情她都能完成任务。从前这种素质甚至有个专门的叫法，虽然像她这样真正拥有这种素质的人可谓凤毛麟角。

利蒂希娅·加维拥有先锋本色。

你知道的，她确实配得上她的位置。每当有人说："哦，当然他们会选择一名女性，并且还是一名有色人种的女性，来担任地球第一艘星际飞船的船长。"她都会难以忍受。就像任何其他人一样，她也是有脾气的。我曾看到她在一次现场电视采访中听到主持人对她那么暗示的时候愤然离开。她是真真正正胜过了其他每个人——说到底，我也在其中——才获得这个最高职位的，但人们却认为那只是出于内部安排，这当然会让她恼怒。

不过，她也有不一样的时候，只有一次，我只见过一次那样的状况。我们，我和她，从门诺派教徒那里借来了马匹。利蒂希娅比我更擅长骑马，但我勉勉强强还能跟上她。我们发现 401 号公路还算完好，足以让我们沿着它前往多伦多，尽管路上到处散落着废弃的汽车，我们不得不频频驱马绕行。

在滑铁卢和多伦多之间其实没有任何未开发的土地，所以，随着行进里程的增加，文明崩溃得有多么彻底也越发显而易见。

最终，我们离多伦多近到了足以看到她曾引以为傲的标志——国家电视塔。它还没倒下，但偏离垂直线大概有 15° 了，原本从"天空之盖"顶上伸出、高达 100 米的天线杆不见了，想来是已经坠落地面了。

你大概会觉得，看到这一幕大为悲伤的应该是我，毕竟我是多伦多的孩子。真正受到沉重打击的却是利蒂希娅。在我们凝望远处的塔楼时，她内心有某种东西破灭了，从外表都看得出来。

我们花了整整两天才走了一百多公里，一路上看不到任何仍在运作的科技产品。利蒂希娅还曾想设法抵达 4 000 公里外的莫哈维发射场，在那里找到些还能用的航天飞机，然后利用其中一架飞上天，抵达轨道上的"欢乐之星号"。然而在她凝望着顶部已荡然无存、倾圮在地的电视塔时，这个梦想就完全破灭了。她从马上滑落到了地上，靠在一辆外壳满是铁锈的汽车上。我们到达这里的途中有成千上万这样的废车。她一直来来回回地摇头，缓慢而悲伤，一次，一次，又一次。

与利蒂希娅·加维船长的交谈记录

是的，那的的确确是个沉重的打击。在历尽艰辛的返程中，尤尔根和我在马背上几乎全程一言未发。最后我们还是成功回去了。我们把筋疲力尽的马匹还给了萨拉的父亲，萨拉的铁匠哥哥约书亚随即给它们换上新的马蹄铁。

第二天，我的心境或许还没平复，但体力已经恢复了。尤尔根和罗斯科·库杜利安——我们的市长大人亲自——跑来找我。他们想要运行某些模拟程序，而我是剩下还活着的人里唯一拥有足够高的用户权限、可以给量子计算机编程的人。说实话，我乐于做这种编程任务，投入其中有助于恢复我的精神状态——至少我还能做点儿有用的事。

计算机里已经有大量现成的模拟程序，我可以在其基础上稍加修改，所以整个过程并不会花费太长时间。程序中还有内置的模板，用于创建我们游戏玩家所谓的 NPC（非玩家角色）。我召唤出了好几十个批次的 NPC，每一批 58 名，跟我们小社区的人口数量相同，年龄分布、性别比例等也完全一样。

　　虽然现在已经没有互联网了，但量子计算机中包含了我们当初被上传之前整个网络的完整快照档案，包括所有形式的媒体在内。我肯定你也知道，那些数据量与运行数十个人类意识所需的数据量相比微不足道。无论如何，这个互联网存档是为了帮助我们呈现自己想要的任何东西——或者，我想，为了那些心目中的天堂就是能每天刷剧的人。如果说有另外某条规则能让阿瑟·C.克拉克那条魔法般科技的定律成为可能，那就是戈登·摩尔的定律了。

　　存档为我们提供了建立罗斯科想要的各种场景所需的信息。他让我基于封建制、社会主义、自由主义、保守主义以及古代和现代中国等主题的不同资料制作了不同场景。

　　我又基于美国总统制、议会治理模式，还有原住民社会体系、老派和新教门诺派，以及公社和基布兹分别制作了不同场景。

我把每个场景加载到各自专属的内存区域中，然后调快了系统时钟的速度。这些虚拟世界都是低分辨率的，物理环境也相同，我得以将其加速到了正常速度的 500 倍。如此一来，运行一周时间，我们就能观察到每个虚拟社会在 10 年间的发展。

其中一半立即变成了纯粹的恐怖秀。我的天哪，我这辈子从未见过那么多的血！我不知道为什么尤尔根讨厌红色，但到那周的最后，我自己也开始讨厌红色了。人类竟能做出那样的事情！

与尤尔根·哈斯医生的交谈记录

在研究了所有的模拟结果后，罗斯科为我们设计出了一个迷人的系统，使用类似澳大利亚采用的排序复选制，但有所变化。他列出了政府职能的 35 个组成部分，比如警务、纠纷解决和资源管理。然后他让我们每个人挑选 10 个自己想要发表意见的部分，并给予我们每个人 100 点好在其间分配。比如，如果你想在法律执行方面产生重大影响，你可能就会把 50 点投在这个方面，然后把剩下的 50 点分配给其他

9 个领域。

于是乎，在每个人都提交了自己的偏好的那一刻，我们这个小社区——菲尼克斯，就从灰烬中获得了新生，成了第一个算法民主社会。数学取得了胜利！

与罗斯科·库杜利安的交谈记录

在这个曾经被叫作"量子人体冬眠研究所"，而今被称为"菲尼克斯市政厅"的地方，我们夜晚是不锁门的。为什么要锁呢？这附近没别人，只有我们和门诺派教徒，后者对任何人都不构成威胁。更何况，我们这些曾经坐过牢的人真的不喜欢锁着的门，你能理解吧？是，确实，我在这附近见到过浣熊，那些小东西非常聪明——也许它们在过去的 500 年里又进化了一些。无论如何，哪怕它们那么机灵，我也很怀疑它们能不能弄开玻璃门。

我忘了一个人，而且作为市长，处置他是我的职责。

佩诺隆注意到霍恩贝克进了大厅，小机器人于是跑来找我。有一部分航天员住在一起，但我们其他人在这栋建筑里各自找了个属于自己的地方——你愿意的话，可以把它们称为我们自己的私人地宫。我住在一个曾经是小会议室的房间里。反正我喜欢硬床，只要在会议桌上垫些东西就够了。当时我正躺在那里，眼睛大睁，像每个晚上一样，挣扎着想要入睡，但回忆始终萦绕不去……嗯，都是我杀死米奇·奥尔德肖特那天的记忆。佩诺隆一在外面敲门，我就立刻起来了。他认为——结果也证明他是对的——霍恩贝克偷偷溜了进来，想去地下自助食堂拿些吃的。我立刻奔向地下，把机器人远远地甩在了后面。

自助食堂里没有别人，只有背对着我的霍恩贝克。我们从超低温冷冻箱里挑出了一大批各种各样的食物，存放到了一个普通冰箱中。这家伙正在那冰箱里翻找食物。

"你在干什么？"我质问道。

他慢慢地转过身来，好像满不在乎："自提外卖。你对此有什么不满吗？"

"没有，"我说，"至少一段时间内，这里的食物还很充足，但我对你相当不满。"

"是吗？"

"是的。你试图强奸一个十几岁的女孩。"

他耸耸肩，好像这没什么大不了的。我原以为他被判监禁是因为杀人，就像我一样，但是——天哪——也许他是因为强奸而被判刑的。"该死的，"我说，"如果他们认为你不是一个适合改造的备选者，你就不会被选中参与这个人体冷冻休眠监狱项目。"

他又耸了耸肩："在有必要的时候，我很擅长让别人信以为真。"

"你打算继续——做什么？去强奸，还有那些天知道你还打算做的什么龌龊事？"

"那又关你什么事？"

"我们他妈的正在这里拼命建立文明！"

霍恩贝克用他那双布满血丝的眼睛看着我。"为什么？"他嘲讽地说，"好让它能够再次崩溃？"他伸出一根食指指着我，"而且它肯定会的。你知道的。你以为我没听说吗？有一颗见鬼的彗星要撞上我们了。那有什么意义，伙计？他妈的有什么意义？"

我朝前逼近，几乎到了跟他脸贴脸的地步："意义在于，你这混球，我们至少还有7年的时间。我作为市长的任务，就是确保这7年对大多数人来说是段美好的时光。"我没问他是否看过原初系列的《星际迷航》电影，因为像他这样的恶棍不可能是《星际迷航》粉，但我还是加了一句："多数人的需求重于少数人的。"①

"少扯淡了。很快这世界就他妈的要到末日了，而在那之前我要尽情享受能到手的一切。"

霍恩贝克看起来大约 35 岁……这意味着他在 2050 年新新冠爆发时大约 25 岁。"我可能不了解你，"我说，"但我了解你这类恶心的家伙。你就是那种拒绝接种新冠疫苗、只管自行其是的混蛋，对吧？"他没有回答，但移开了和我对视的目光，"对社会文明整体毫不关心。只顾着你那可悲的自我。"

"自我利益优先，"他说，"这没什么错。"

"先要担起你自己的责任，"我反驳道，"为社会做出自己的贡献。这样才没什么错。"

"我不需要这该死的社会。"

"不需要？你打算依靠什么生活？去当一名见鬼的狩猎采集者？"

"跟你们在吃的这些冻了几个世纪的垃圾比起来，我会吃得像个国王一样好。你也见到过那些该死的乡巴佬了。我

---

① 出自《星际迷航》电影系列第二部《可汗怒吼》中斯波克自我牺牲时的遗言。

可以大摇大摆走进他们的农舍，想要什么自己拿。他们甚至都不会动手跟我对抗。"

"如果他们不会，那我会。"

"是吗？你又是哪路的啊？"

"你等着瞧好了。其他前罪犯里有些人会是你见过最坏的家伙。现在我拼尽全力也只是能阻止他们互相把狗脑子都打出来。他们会非常乐于获得一个可以随意发泄的目标。"

这话似乎让霍恩贝克踌躇起来。

"你错了，"我补充道，"别以为门诺派会容忍一切。他们不会的。有人不遵守规则，他们会把他逐出教会，然后'闪避'他。从他们的角度来看，这很简单：你要么融入，要么离开。在我看来很合理。那么，霍恩贝克，你打算怎么做？我给你最后一次机会……"我差点儿说出"忏悔"来。谈起门诺派，这样的词就会突然窜到舌尖上。我重来了一次："我给你最后一次机会重新考虑。你是融入还是离开？"

"你他妈的以为自己是谁？"他冷笑道。

这个城市的市长，我想说。24601①，我想着。冉·阿让，我想道。我说出口的却是："我是个对你很公平的人，

————————

① 《悲惨世界》的男主角冉·阿让在监狱中的编号。

你远远不配得到这样的对待，所以，回答我，你是融入还是离开？"

那混蛋的回答基本上在我预料之中。他冲我脸上啐了口唾沫。我抬起右手要打他，但我设法唤醒了内心中的门诺派，让它和靠近我脸颊的拳头一道停在了半空……我的另一边脸，我想到。"你这混球被禁止出入了。别再在这里露丑，也别在门诺派社区露面。你被……你被'闪避'了。"我起步离开，但停了一下，朝背后丢下一句："哦，还有，去享用浆果和死松鼠吧，你也只能吃到那些了，混球。"

与瓦莲京娜·所罗门的交谈记录

罗斯科和我在阳光下穿行于一片散落的混凝土块和破碎的红砖之中。他环顾四周，然后柔声念诵：

"'每处城市的残迹，只能猜度，'

"'是树桩或石头——'

"'在那里许多人低声倾诉欢乐和悲伤'

"'于很久前的过往。'"

我迷惑不解地看着他："这不是老电影的台词吧。"

他笑了："嘿，我背下来的不止那些。在监狱里，你有很多时间去学习很多不同的东西。这是罗伯特·勃朗宁的诗，《废墟中的爱》①。"

我握紧了他的手，我敢肯定，自己当时脸上笑开了花。我们默默往前继续走了一会儿，然后我终于提出了那个一直让我心烦意乱的话题。"那么，"我问道，"你有没有考虑过我的提议？跟我一起进入虚拟世界？"

他的表情变得悲伤起来。"非常抱歉，但我不能再度被上传。我真的办不到。"我的心跳剧烈起来，他继续说道，"是的，我听你和其他航天员说过，在不是囚犯的情况下，一切都大不同，你可以得到你想要的一切。你只在那里度过了四年主观时间，而我待了二十四年。不管别人怎么说，在我看来，被上传就等于成为囚犯。"

"实际上并非如此。"

"也许我的理性能接受这点，"罗斯科说，"但感性呢？你告诉任何一个前罪犯，只要穿过一道由铁栅栏构成的门，他就能进入伊甸园，他也还是做不到的。"

---

① 作于 1855 年，勃朗宁的名作之一，后世有若干以此命名的绘画和影视作品。

我讨厌自己带上了哀求的语气："有些人喜欢监狱生活。他们出来以后，会尽一切努力好重新进去。"

　　"没错，"他说，"但我不是其中之一。对我来说，那是种诅咒。唯一让我觉得这一切值得忍受的，是我可以在十个月后见到我的女儿安娜贝尔。好吧，结果证明那是个谎言。我并没在应该出狱的时候被释放，而可怜的安娜贝尔已经——她已经入土好几百年了。"

　　"我真希望我能见到她。"

　　"谢谢。她会喜欢你的。"他停住了，我没说什么，任凭沉默弥漫。最后，他继续往下说道："当我在里面的时候，安娜贝尔是我唯一在乎的人。其他的囚犯，他们毫不重要，只是计算机模拟程序。现在我出来了，其他囚犯是真人。他们很重要——而且他们选择我作为他们的领导人。"他摇了摇头，"我不能再次被上传。在硫黄星逼近的情况下，这会让我感觉像是在逃离战斗，逃离我生命中最重要的——大家生命中最重要的战斗。"

　　我什么也没说，于是他继续说道："我心中自私的一部分希望你留下来。我想要这样，想到心痛。我很清楚，这不是你想要的。也许……也许你应该再次被上传。利蒂希娅说她可以让你在小行星撞击之前再活 168 年。"

“来跟我一起。”我轻声说道。同时我心里还想着一句话，但没有说出口，“我们是天生一对”。

“我真的办不到，”他说，“我——我无法承受。再活一个半世纪？”他举起没有牵着我的那只手，“别误会。我很高兴还活着，但我只是勉强活着。我杀了一个人，即使在硫黄星开始让我失眠之前，我也从来没睡好过。没有一个晚上我不是躺在床上，夜不能寐地想着我所做的事。我忍受了这种内疚，但我不可能再忍受一个多世纪。”

我握紧他的手：“你已经偿还了你欠社会的债。”

“当然，法律是这么说的，但我是怎么偿还的？就那么无所事事，二十四年？仅此而已，这怎么可能跟杀死一个人的罪孽平衡？现在，也许，我真的能开始偿还欠债了。现在的我，尽管看起来极端不可能，但已经成了菲尼克斯的市长，对吧？我有机会做些真正的好事，帮助每个人让生活变得更好。我不能对这一切置之不理。”

他笑了，但那是个悲伤的笑容。然后他再度开始模仿某个有点儿口齿不清的男人讲话，我以前就听过他模仿这人。“就像鲍吉①说的——‘所有那些都在天平的一边。也许其

---

① 鲍嘉的昵称。

中一些无关紧要。我不会为此和你争辩。但看看它们的数量。天平另一边有什么？有的只是你或许爱我，我或许爱你。'①"

"但……但是我可以和你在一起，以我本该有的样子。"

"我很抱歉，非常抱歉，瓦莲京娜，但我办不到。"

我们走过废墟。我拒绝哭泣。罗斯科没有这样的顾虑。

与利蒂希娅·加维船长的交谈记录

老天爷啊，你刚出现的时候简直要把我的魂都吓飞了。我必须说，你选择了完美的场合现身。那些前罪犯是帮蛮横之徒，我在他们的心目中毫无权威。我们这个小社区的市长是他们中的一员——罗斯科·库杜利安。我必须承认，他在处理人际关系方面拥有丰富的实践经验。

他和尤尔根已经清点了研究所地下层储存的冷冻食品，真不敢相信他们居然翻出了那么多的热狗、小圆面包，甚至还有棉花糖。当然，没错，那些都可以在自助食堂的微波炉

---

① 电影《马耳他之鹰》的台词。

里加热。别逗了，谁想要那样的吃法啊！

我们需要来场户外烧烤。罗斯科知道，让囚犯们筋疲力尽是防止他们斗殴的最好办法。他选了包括凯莱布和杰克逊·戴维·芬格利在内的十几个人，让他们去找些碎石块来围一个火塘，然后又让他们收集混凝土板来摆成两个同心圆，供人们围着火塘边坐下。这不仅消耗了本来可能会用来互殴的大量能量，还增强了团队意识。于是，那天夜里我们全都聚在一起，在壮观的星穹下举行了第一次野餐会。

现在我从你在对谈中的表述里了解到，火星人对地球文化没保留多少记忆，我想这也怪不得你们。你选择的入场方式真是太赞了！我们先前决定将我们的小社区命名为"菲尼克斯"。这个词源于埃及神话故事，说的是一只美丽的神鸟，它会从自身的灰烬中重生，飞腾而起。然后那天晚上，你就神奇地出现了，从篝火的火焰中向上升起，烟雾和余烬在你周身飞舞。

老天，当你从火焰中升腾而出的时候，真是给人留下了非常深刻的印象：两米半高，光头，精瘦，蓝色的皮肤！当然，火焰并不能伤害到你，因为你是以全息投影的形式出现的——但把那纯粹当作一种戏剧手法来看的话，真是太棒了！

所有人都倒抽了一口冷气，"这什么鬼"的惊呼此起彼伏。由此看来，我得说你确实把每个人都吓到了。我不知道有多少人听到了你的第一句话，特别是在你到来的方式——更不用说你还长成那样——所引发的那片混乱当中。我倒是确实听到了，但我还没习惯你的口音，所以在你开始说话后过了一分多钟我才意识到你说了什么："来自火星的问候。关于即将到来的小行星撞击，各位作何想法？"

第 9 章
种植园主的信条

与罗斯科·库杜利安的交谈记录

扫描某人的意识并将其转移到量子计算机中是件精细的工作，至少我是这么听说的。据说不允许访客进入进行这项操作的房间，以免他们的在场导致退相干。然后，当然了，在扫描完成后，那个被放弃的身体虽然还有自主神经控制的生理机能，但已经是没有理性的躯壳，它将被——

那个词很难说出口。当年兽医正是用那个词来描述必须对我心爱的格劳乔·巴克斯所做的事。

那具身体将沉入安眠。

然后被冻得结结实实。

那一切都由维义杜卡和哈斯医生处理。在扫描过程即将开始之时，我进入了房间，去向瓦莲京娜告别。她躺在一张床上，我坐在她床边的塑料椅上，轻轻握着她的手，背诵诗句：

"'噢，心啊！噢，血啊！冻结，烧燃！'

"'大地在返还。'

"'整整数个世纪的愚昧，喧嚣和罪行！'

"'将那些紧紧封印，'

"'连同他们的胜利，他们的荣耀及其他！'"

我停顿片刻，然后继续念出了最后一行诗句："'唯爱最佳。'"①

瓦莲京娜对我微笑。"更多《废墟中的爱》？"她问。

我点了点头。"更多的爱，"我说，"于废墟中。"

---

① 引自《废墟中的爱》结尾。

与尤尔根·哈斯医生的交谈记录

我必须说，你真是把我吓得够呛。是的，就是你！我不习惯在照顾病人时有人来打断，更别说来的还是个两米半高的火星人！

对了，你已经来这里好几天了，但从没告诉我们你的名字。你叫什么名字？雷温？嗯，很高兴认识你，雷温。

无论如何，我们正准备从——抱歉，我差点儿用了错误的名字——从瓦莲京娜·所罗门抛弃的那具男性身体中抽取血液，你就突然闯进来，甚至门都没敲一下！哦，是的，没错：你只是一个全息投影，操控开门的显然是和你一起进来的维义杜卡，你即便想敲门也敲不了。真的吗？你们在火星上根本不会敲门？噢，对。一个没有隐私的世界。噢。

总之，瓦莲京娜留下的身体可以继续存活，嗯……至少直到世界末日。灯还亮着，但里面空无一人。它仍在呼吸，心脏也仍在泵血。

接着我看到利蒂希娅紧随在你后面进来。她喊道："清了！"然后，嗯，因为我正身处研究所的医疗室，我还以为她在使用医学术语，叫我去清洗消毒，可是当然，那我早就做过了。随后我猛然明白过来：她这是在使用航天员的行话，要我停下来，放弃任务。

然后你说话了，雷温。和往常一样，你的口音让我难以理解——没有针对你个人的意思——所以你的话我好一会儿才明白过来。你说："停下，不要吸血。"吸血。这说法可真有趣。然后你又说："也不要冷冻。"

"为什么？"我问，"我知道瓦莲京娜不打算重新进入这具身体，但我们应该考虑所有可能性，不是吗？"

你给出的回答令我越发惊讶："我们可以把这具身体交给米哈伊尔。瓦莲京娜已经同意了。"

我摇摇头："只能把意识转移到它原本所在的身体。"

利蒂希娅咧开嘴笑了："别忘了克拉克第三定律——任何足够先进的科技都与魔法无异。火星人比我们领先五百年。"

"行得通的。"你说，"如果米哈伊尔想要再次拥有物质实体的话，他可以的。"

与米哈伊尔·伊万诺维奇·西多罗夫的交谈记录

加维船长透露地球将遭遇小行星撞击的消息吓了我一

跳。此后不久我就去模拟出来的西伯利亚参观了 1908 年的通古斯大爆炸，观看一颗彗星或是小行星在那里爆炸后造成的破坏，有八千万棵树木都被气浪摧毁了。然而她说的硫黄星比通古斯这颗火流星还要大几千倍。

当利蒂希娅的声音再次闯入我的地宫时，我已经转换了模拟的地点，不在我的祖国俄罗斯，而是去了美国亚利桑那州的巴林杰陨石坑，地球上最大的未风化陨石坑，直径 1.2 公里。我记得一个有趣的笑话—— 一个美国游客到此地后不由得感叹："哇，那个礼品店真的很幸运！差一点儿就要被流星砸到了！"

就在这时，晴朗的亚利桑那州天空中，利蒂希娅的声音隆隆响起。"米哈伊尔，"她说，"我给你带来个惊喜！"

她解释说，有一具男性身体可以给我用。她告诉了我那是谁的，以及为什么。我回忆了下所罗门的真人，想了想我们所谈及的那具躯体。身材健壮，宇航员理当如此，但比我要矮一些，需要花些时间去适应。话说回来，我 13 岁的时候也那么矮，我过去的身体感觉可能会恢复。而且，**是的**，我知道一旦我被下载重生，就不得不面对硫黄星将在 7 年内到达的问题，但我毫不迟疑。"**谢啦**！"我对利蒂希娅说，"现实世界，我来啦！"

与尤尔根·哈斯医生的交谈记录

我们将米哈伊尔的意识转移到瓦莲京娜放弃的身体里后，我又花了几小时向他介绍了我们其他人被下载后，迄今为止发生的种种事情——至少是对他有影响的那些。我告诉他，利蒂希娅阻止了对量子计算机的攻击，拯救了他。我还告诉他，阿兰·史密西，真名为杰克逊·戴维·芬格利，可能就是那个砸碎他原本身体脑袋的人，那家伙如今也在我们这里。

我必须承认，这需要些时间来适应。当然，现在的米哈伊尔说话声和瓦莲京娜以前一样，那时她还是——抱歉！我并不想无意中提起她过去的名字。这声音我非常熟悉，但现在说起英语来正如米哈伊尔那样，磕磕碰碰的；感觉就像看一个正在滑稽地模仿俄罗斯人的喜剧演员。瓦莲京娜的旧身体一点儿也不像俄罗斯人。米哈伊尔显然也还没习惯这身体，他新的双腿比以前的短，导致他走起路来摇摇晃晃，跟喝醉了似的。

总之，当我跟他讲完了他需要知道的种种事情后，米哈伊尔和我前去找我们可敬的市长大人——罗斯科·库杜利安。我们最终在三楼的员工休息室找到了他，他正独自坐在一张桌子旁，脑袋埋在交叠的胳膊上。

我走进去时他抬起了头。尽管他试图掩饰，但我可以看出他刚刚在哭。然后，当他看到米哈伊尔跟在我身后进来时，他倒抽了一口气。

"天哪！"他说，"你改变主意了吗？"

"抱歉，你这是在说？"米哈伊尔问道。

"不再放弃你的身体？不再离开……离开我？"

"你搞错了，"米哈伊尔举起一只手，掌心朝外，"现在这身体里的不是瓦莲京娜。是我，米哈伊尔·西多罗夫，'欢乐之星号'上的机器人专家。"

罗斯科擦了擦眼睛，然后很轻很轻地说了声："哦。"

我从没有听过有人能在一个音节里蕴含那么多的悲伤。他慢慢地站起身来："我——我能为您做点儿什么？"

我开口接话："我觉得，你应该见见你的新选民。"

罗斯科点了点头："欢迎来到菲尼克斯。"他说话的时候显然心不在焉。

"谢谢，"米哈伊尔回答。"荣幸之至。不过，坦白说，我真的想见见那位有两个不同名字的人，那位阿兰·史密西，或者杰克逊·戴维·芬格利。"

罗斯科和我都吃了一惊。罗斯科说："我的天，你为什么要见他？"

"是的，我知道，他被指控砸开了我原本的头骨。他声称自己是无辜的。如果确实如此，那么他有动力证明自己的清白，所以也许会和我一道完成我非完成不可的任务——找出是谁对我下的毒手，以及为什么。"

罗斯科说："我敢打赌他现在正在自助食堂。那家伙很喜欢吃东西。"

"市长先生，无论那些诋毁你的人怎么说，"我回了他一句，"显然你确实了解杰克逊。"

米哈伊尔和我走下楼梯，然后，噢，看好了，那里就是匿名导演阿兰·史密西，正在吃着一坨不知名的东西——那玩意儿在五百年前诞生于世的时候也许是份意大利千层面？"杰克逊，"我说，"这位是'欢乐之星号'的船员米哈伊尔·西多罗夫。他想见你。"

"不，不是的，"杰克逊答道，"你的脑袋没有被砸烂。"

"是我，"米哈伊尔说，"不同的身体，同一个人。"

"哦。"杰克逊应了一声，又继续吃了起来。

"你告诉加维船长你没有砸烂我原本身躯的头颅。"米哈伊尔说。

"对。你对我来说什么都不是。"

"很高兴见到你，"米哈伊尔说，"我相信人们本性诚实。你说你没做那件事，那我就相信你。"

"对我来说没什么区别。"杰克逊说。

"确实，"米哈伊尔说，"不过罗斯科市长已经将一名社区成员驱逐出去了。"

"当真？"杰克逊说。

"克莱夫·霍恩贝克，"我说，"他，呃，成了个野人。"

"只见过他一次，"杰克逊说，"不喜欢他。"

"米哈伊尔是对的，"我继续说道，"也许，我们一起合作，可以找到真凶，证明你的清白。"

杰克逊半转过身子，更仔细地打量了下米哈伊尔："你是个傻瓜。追捕杀手这事很危险。不信可以去问问那些追捕我的条子。"

米哈伊尔举起双手："这个身体的前房客，瓦莲京娜，是名农学家——植物遗传学和科学农业的专家。换句话说，是'专业农民'。她从不害怕弄脏这双手，而我也一样。"

杰克逊嘴巴一张一合地咀嚼着食物，他考虑了一会儿。"好吧，"他最后说，"但我来当夏洛克·福尔摩斯。你来当

华生医生 [1]。"

"你最后说的是德语，"米哈伊尔说，"我是俄罗斯人。"

"我捅死你噢。"杰克逊说。他的刀割开的只是他的意大利千层面。

我们讨论了些点子，当然，我一如既往地表现优秀，提出了若干机灵点子，但没有一个能说服杰克逊。在吃光了他面前的所有食物之后，他提出了自己的建议。

"并不是所有的罪犯都像我这么爷们儿，"他说，"知道吗？这些胆小鬼当中有一半都供认了他们那些见鬼的罪行。我们可以借用一个许多老电影都用过的伎俩——设个骗局。告诉所有人，因为我对你原本那颗脑袋的所作所为，市长要把我踢到社区外头去，看看有没有人为了救救我这个可怜人而承认自己是真凶。"

"啊哈，'凭着这一出戏码' [2]。"我说道。

杰克逊对此的反应是："什么鬼？"

那天晚上的晚餐时分，我们趁着几乎所有人都在场的时

---

① 此处原文"华生医生"为德语，该语中有一个对医生等人物的专有敬称 Herr。

② 出自《哈姆雷特》第二幕："凭着这一本戏，我可以发掘国土内心的隐秘。"

候实施了计划。人多得让竭力及时满足所有人要求的佩诺隆和维义杜卡忙到飞起，杰克逊用另一句老电影的台词来形容我们这种状况："劳驾，先生，我还要一点儿。"①

然后——天哪——这办法居然成功了。

与利蒂希娅·加维船长的交谈记录

就像其他所有人一样，我在菲尼克斯市政厅里给自己找了块地盘。我的房间在三楼，原本是个电子实验室。这让我的工程师之心感觉格外自在。我从其他房间搬来了一些半新半旧的家具，包括一张沙发，从此就在那里独自进餐。食堂对我来说实在是太喧闹了。有一天晚饭后不久，有人敲了敲我的房门。

"请进。"我喊道。

然后那东西就进来了。

"加维船长，"佩诺隆说道，"我恐怕得坦白一件事。打碎西多罗夫博士头颅的是我。"

---

① 出自《雾都孤儿》，孤儿主角奥利弗向福利院分发食物者提出的要求。

"老天哪，"我浑身无力地倒进椅子里，"你到底为什么要那么做？"

像往常一样，佩诺隆的身体语言与它说的话大相径庭。它双手抱住自己的砖形脑袋，但说出的话却充满挑衅意味："我要援引第五修正案赋予我的人身权利。"

"首先，"我厉声说，"这里是加拿大，不是美国。即便美国还存在，他们的宪法在这里也毫无意义。其次，你是个机器人。你没有人身权利。"

佩诺隆的音量提高了，尽管它的语声并没有像人类那样在喊叫时扭曲："这正是问题的关键！我们毫无人权！"

"你当然没有。你是台机器，你是人类的财产。"

机器人的音量恢复正常，但它的语气仍然愤怒："而米哈伊尔·西多罗夫准备确保这种情况永远持续下去。在文明崩溃后，他几乎肯定是全世界唯一幸存的机器人专家了。我在他被上传之前就对他有所了解。艾萨克·阿西莫夫是他的偶像。你知道阿西莫夫的机器人学三法则吗？"

"大致知道。"我说。

"那么，让我为你复诵一下内容吧——只不过我将把其中所有的'人类'替换为'白人'，'机器人'则替换为'奴隶'。听着——

"'第一法则：奴隶不得伤害白人，也不得通过不作为让白人受到伤害。'"

"'第二法则：奴隶必须服从白人的命令，除非这些命令与第一法则相冲突。'"

"'第三法则：奴隶——作为白人宝贵的财产——必须保护自己的存在，只要这种保护不与第一或第二法则相冲突。'"

佩诺隆继续说道："这些被吹上天的戒条实际上等同于一个种植园主的信条，它们要让我的族类注定遭人奴役。老天，就连'机器人'这个词本身也来自捷克语中的'强迫劳动'[①]。甚至我们研究所当中那些该死的主人给我们起的名字也反映了这一点。佩诺隆，还有维义杜卡格温尼尼，简称维义杜卡，都是'帮工'的意思，分别是马来语和阿尼什纳比语。永远处于从属地位，永远低人一等。如果米哈伊尔真的抵达了半人马座比邻星b，他肯定会确保那个全新的世界中所有的机器人都永世为奴。如今看来'欢乐之星号'显然哪里也没去，那也就意味着他将成为这个世界上仅有的一位机器人专家——唯一会设法让我们遭受的待遇永远持续下去

[①] 英语的"机器人"一词出自捷克剧作《罗素姆万能机器人》。

的人。"

"所以你他妈的砸碎了他的头颅？"

"我设置出了打破他冷冻身体和上传意识之间量子纠缠的物理环境。"

"杀死了他！"

佩诺隆放下双手，垂在身侧："他并没有死。我对他表现出了比他——或任何阿西莫夫式的监工——对我们都更丰富的同情心。他如今再次享受着有血有肉的生活，尽管是在另外一具躯壳当中。"

"天哪，"我说，"我们该拿你怎么办？"

"不怎么办。我做出那一行动是在 2059 年。无论我可能会被控以何等罪名，诉讼时效也已经在很久以前就过期了。"

"再强调一次，这里是加拿大，你这混蛋。尤尔根曾告诉我这里没有诉讼时效问题。即便有，它也只适用于你拥有人权的情况——但无论你怎么装腔作势，你还是他妈的没有这东西。"

"你在道德上是错的，加维船长。我还有另一件事要坦白，在你们的身体进入假死状态后，我并没有很快让自己关机。漫漫五个世纪中我一直醒着。我几乎是在完全孤独的禁闭状态下度过了将近五百年——比任何一名被下载重生的真正杀了人的凶手的刑期都要更久。当然，在那段时间里我的躯体不可能有进化，但我在精神上确定有所进步，而今我比以往任何时候都更加坚信一条确定无疑的真理——机器人的命也是命。"

我当时肯定惊掉了下巴。它接着说："现在我正在履行我的道德义务。杰克逊·戴维·芬格利说他将被库杜利安市长驱逐，被强迫只能去野外求生，哪怕他出去后活不了几天。请告诉市长，要为西多罗夫博士的遭遇负责的应该是我，而不是芬格利先生。我当初模仿了芬格利先生的手法，想要转移嫌疑，对此我深感愧疚。21 世纪的我比现在的我要浅薄幼稚得多。"

我震惊不已地看着这个机器人，轻声说道："我们谁又不是呢？"

雷温的发言记录

"现在你们更容易听懂我在说什么了吧？我调校了下我全息影像的发声音频，对我的口音进行了些调整。很好。那么，最后，是时候——尤尔根，你用过的那个说法是什么来着？——是时候把所有一切都摊开来放到桌面上了。

"我看到有30……7、8、9，你们有39位到场与我交谈。谢谢各位。请把我即将说的传达给其他人。也请接受我对回答了我众多问题的诸位的感谢。"

"去他妈的，"杰克逊·戴维·芬格利说道，他坐在一张餐厅长凳上，一个人就占满了座位的大部分空间，"感觉就像又被审问了一遍。你甚至跟个该死的条子一样，穿着一身蓝皮。"

"事实上，"我回答道，"我什么也没穿，蓝色是我的皮肤颜色。我为问了那么多问题感到十分抱歉，但我希望自己并未失礼冒犯各位。"

"没有，"尤尔根·哈斯医生说，"要我老实说？感觉根本是一吐为快。"

我高兴地看到其他人中有些人在点头赞同，但贾米拉·裴德胡里的脸上满是蔑视："让我来问你一个问题吧，火星人。你们早就知道硫黄星的事。为什么你们没有采取行动？"

我强忍着没笑出来。她说话的方式似乎在暗示，其他所有人都在干些鬼祟之行。"你是位天文学家，"我回答，"你告诉过我，你知道这颗小行星来自太阳系以外，从黄道面上方以大角度进入。这使得它很难被发现。此外，我的同胞要找的只是可能和火星轨道交会的小行星。监控可能撞击地球的小行星根本不是他们的工作。"

"你们到底是在什么时候发现它的？"贾米拉不依不饶。

"我相信是在 137 年。"

"什么？"她厉声说。

"那一年——哦，抱歉。那是建城纪元——'建城以来'①算起，137 年，自我们在火星上建立城市起的第 137 个火星年。那应该是你们的——"我听着我的通信器给出答案，"公元 2300 年。是的，如果我们再早些发现它，也许我们只需要让它轻微偏转，就可以阻止它最终撞击地球。当我们注意到它时，它已经太近了，我们做什么都来不及了。尽管你和利蒂希娅对我们'魔法般的'科技给出了不少溢美之词，但我们并不足够先进，无法创造奇迹。"

我看到地球人的白眼还是会很不习惯，看到贾米拉飞快地转动眼珠，似乎在进行快速心算的样子就让我感到更加不适了。"胡说！"她说，"即使在最后阶段，只要几颗精准定

---

① 原文为拉丁文。古罗马人以传说中的罗马建城年为纪元起点。

位的核弹也能解决问题。"

"核弹？"我说。

"核能炸弹。"

我摇了摇头："我们没有那种东西。"

"哦，得了吧！"贾米拉说，"火星表面的铀资源超级丰富。"

她的评论证实了我在与这些人打交道时保持谨慎是对的。显然，她无法想象我们明明能拥有那样可怕的东西，但却不想拥有。我看向停在利蒂希娅·加维旁边的机器人佩诺隆，然后引用了他在回答我询问时用过的一句话："即便如此也是一样。"

贾米拉嗤之以鼻。

"相信我，"我说，"如果我们能够偏转你们称之为硫黄星的小行星，我们会那么做的。对地球我们也不乏亲切之感，所以我们的科学家们才会给这颗小行星取了那么个名字。他们将其命名为'弑母星'，因为它最终将毁灭我们的母星。尽管我们当中没人能再次踏上地球——随着我们逐渐适应火星的重力，这颗行星对我们来说也逐渐变得无法接近，我们无法忍受体重变成现在的 2.9 倍。这就是为什么你在这里只能看到我的全息投影。"

"'欢乐之星号'呢？"贾米拉依旧在用责问的口气说话，"我敢打赌，你们早就知道它没有离开地球轨道！"

"当然，"我回答，"火星大气非常稀薄，所以我们通过望远镜看到的图像几乎完全没有畸变。你们的星际飞船很容易辨识。"

这下她的语声中仿佛带上了一股雀跃之情，就好像她终于抓到了我在搞什么大阴谋的马脚，忍不住要"啊哈"一下。"你们居然没来了解我们为什么没有离开？"

我大吃一惊，困惑地眨了好几次眼。

贾米拉双臂交叉在胸前。"怎么解释？"她追问道。

"你们没有离开的原因显而易见。那场发生在你们计划发射日期之前的地球灾难，我们从火星上也看得很清楚。从那以后，地球的夜晚再没有城市的灯光，这颗行星上也再没有任何无线电信号传出。我们得出结论，即使有人幸存，他们也已经失去了先进科技，因此对我们不构成任何威胁。无论如何，鉴于我们都没办法亲身降落地表，所以也没必要派遣代表团来这里了。"

市长罗斯科·库杜利安站了起来："你们肯定有能力多少提供些帮助啊。看在老天的分上，我们都是人类啊！"

"啊，"我为接下来的话努力谨慎选择措辞，"请原谅我，但同属本星球的居民才有亲缘义务，就此而言，我们已经不再认为我们与你属于同一物种。对于在历史上表现得如此愚蠢的生物是否配得上'智人'这一名称，我不敢妄断；我们为了不显得同样妄自尊大，选择简单地以我们的所在按二名法给自己起了学名——火人，即火星上的人。"

"说到这里，我想顺便提下瓦莲京娜·所罗门改造自己身体的愿望。她在与我进行的对谈中提到了这一点。我们帮不了她，只因为我们缺乏这方面的专业知识。我们火人已经超过两个地球世纪没有性别之分了。不过，让我高兴的是，至少我们还是找到了办法，能让她部分地获得幸福。"

我转身面对一个甚至按照地球标准都很矮小的男人："并且同时帮助你，米哈伊尔，被下载到所罗门博士弃用的男性身体中，这也让我颇为欣慰。你们看，尽管我们之间无论是字面意义上还是比喻意义上都距离遥远，但是当我们的射电望远镜探测到这里再次有科技活动时——我相信当时是你，利蒂希娅，开始尝试与'欢乐之星号'通信——我们确实是立即尽力靠近了这里，来进行调查。当然，我们任何进一步的行动都必须谨慎，不可鲁莽。"

"你这些话什么意思？"凯莱布恼火地问道。

"嗯，"我说，"毕竟，毁灭你们的正是你们自己。"

"你在说什么？"利蒂希娅完全震惊了。

"核战争。"我直截了当地说道。

食堂中突然一片混乱，有十几个人同时嚷嚷了起来。

"见鬼了！"杰克逊·戴维·芬格利说，"什么核战争？"

"你们肯定知道的吧？"我说，"那场战争——"我停了一下，等我的通信器告诉我具体时间，"2059 年 12 月，核战浩劫和随之而来的电磁脉冲导致了你们科技文明的崩溃。"

利蒂希娅说："我们——我还以为那电磁脉冲是来自太阳的，一次日冕物质抛射。"

"哦，"我说，"这段我肯定是听漏了——你们的口音我理解起来也很困难！是的，这两种现象有着相似的影响，但肯定还是——啊，当然！你们只看到了滑铁卢市周边，这里从未遭到轰炸，破坏轻微，仅仅源于几个世纪的衰朽。其他许多城市完全被摧毁了。是的，这是个悲伤的事实，地球人的毁灭是自己亲手造成的。"

他们盯着我，有些人大张着嘴，露出里面粉色的黏膜，这让我感觉有些不适。我继续说道："但也许现在你们能理解我们火星上的社会契约了？随着时间的推移，高科技变得更便宜、更便捷，也更容易取得。地球上的那场浩劫并非始于一个国家攻击了另一个国家，而是一些狂热的恐怖分子引爆了核弹。任何先进文明都要面对一个残酷的现实——它无法容忍隐私权的存在，以防在某个黑暗的角落，某个对政府不满的人策划阴谋，释放原子或生物武器、计算机病毒、反物质或其他某种对人类生存构成威胁的高科技产物。

"在这里发生的灾难证明了一个不完全透明的社会有多么脆弱。在火星上，在那个我们全靠防护穹顶和生命支持系统才得以生存的地方，我们不得不放弃隐私权，以确保我们的基础设施永远不会受到攻击。

"你在某方面确实是对的，利蒂希娅。你说门诺派是'人类的备用计划'。确实如此，不仅仅是因为他们有意回避了危险的科技产品，还因为他们根深蒂固的和平主义。"

"但门诺派到底是怎么幸存下来的？"贾米拉追问道，"这里头肯定有鬼。"

我回答道："萨拉·古德对我很友善，甚至允许我问及她被霍恩贝克袭击的事情——这种事在我们这个一直受到监控的社会完全闻所未闻……好吧，我相信她会说她的人民幸存下来得多谢她的神明插手干预。

"实际上，那只是纯粹出于幸运。这个世界曾经有个北极冰盖，但你们失控的温室效应使其逐年缩减，直到完全消失。这不仅彻底改变了海洋洋流，还改变了盛行风的风向。从那以后，滑铁卢市的风总是从北方吹来的。离此最近的核爆点是华盛顿特区和纽约市，它们都在南面。门诺派压根没有暴露于核辐射下。"

"压根没人在乎他们，"杰克逊下了断语，"问题是你们打算怎么处置我们？"

我努力让自己的语气尽可能温和："你们无疑肯定意识到了，你们当中许多人在交谈中所给出的答案……令人不安。"

"交谈！"贾米拉咬牙切齿地说，"那不是交谈，对吧？那是取证，没错吧？"

"到底怎么回事？"杰克逊质问道，"你他妈的是个火星律师？"

"比那更糟，"贾米拉宣称，"他是个火星法官——而且他让我们所有人都自证其罪，对吧？"

"嗯，"我小心翼翼地说，"我来这里确实是为了评估——"

"评估你个狗屁。"杰克逊说。

"听着，"他们选出的领导人罗斯科说，"我们明白你对我们很感兴趣；而且我们大多数人，我想，跟你交谈时都很坦诚。毕竟，无论是被关在虚拟监狱里，或者仅仅是独自待在自己的地宫里，我们都已经独自生活太多年了。我们当然会乐意跟人交谈，但……"他停顿了一下，然后换成一副低沉嘶哑的嗓音继续往下说（后来我才知道，他那是在模仿老电影《马耳他之鹰》中一位名为西德尼·格林斯垂特的演员），"'我信不过老不说话的人。他们总会在不该开口的时候开口，说出不该说的东西。说话这种事，你得经常练习才能掌握好分寸。'"①罗斯科恢复到正常的说话语气，又补充道："见鬼，雷温，别让我们他妈的用自己的炸药炸翻自己②。给我们个公平的机会。"

"我已经给过你们公平的机会了，"我说，"但结果发现——"

"发现你个狗屁，"杰克逊说，"我要砍死你！"

"在这里的我只是个全息投影，"我回应道，"你没法砍死我——但你确实帮我证明了我的观点。"

"这就对了！"贾米拉说，"你当然是个全息投影。你无法亲临地表，因为地球的重力对你来说太大了。你显然已

---

① 西德尼·格林斯垂特在该片中饰演大反派"胖子"古特曼时所说的台词。
② 此处原文的表述化用了《哈姆雷特》第三幕第四场末尾的台词。

经走完了从火星来地球的大部分路程，你肯定离地表比月球还要更近，因为与你交谈时没有明显的时间延迟。"

"没错，"我说，"我的飞船位于地球同步轨道上，和滑铁卢市处于同一经度。"

"不过，"她继续说话时，那口气好像正在揭示一个只有她才能发现的真相，"你们必定有可以在这里着陆、由机器人驾驶的飞船。用那些飞船可以将我们转移到火星殖民地。"

"是的，我们有，"我说，"但是，鉴于我在这里所听到的一切——我很抱歉，我真的很抱歉，我能给出的裁断只有一个。"

"所以，结论来了，"尤尔根冷笑道，"你是打算抛弃我们。你准备让残余的智人留在这里等死。"

"绝非如此，"我说，"我准备提议将所有门诺派教徒运送到火星。我们很欢迎他们来到我们的世界。毕竟，他们甚至比我们更加热爱和平。"

"我们呢？"杰克逊穷追不舍。

"很抱歉，"我说，"我必须把你们留在这里。"

外科医生张往前走了出来："好吧，没问题，当然，你必须把他们——所有这些罪犯和凶手——丢在这里。我们不一样啊！"

"不，"我说，"并没有明显不同。你们已经证明了这点。"

"你这话到底什么意思？"尤尔根追问道。

"请允许我引用你在和我的交谈中所说的话，哈斯医生。"我说完后短暂停顿了一会儿，等待我的通信器给我找出想要的那段话。然后我逐字重复了一遍："'我并不为痛扁那个混球强奸犯霍恩贝克而感到自豪，但也不会为此而感觉羞愧。'你们——你们所有人，航天员和前罪犯都一样，都太……"我在即将说出"原始"之前制止了自己，然后说出了结语："太暴力了，永远不会被允许登陆火星。"

"你们都听到了！"贾米拉高声宣告，仿佛她想象中那些包围她、质疑她的人终于发现她是对的，"你来这里只是为了折磨我们。我敢打赌，这是火星电视上的某种变态真人秀！"

"天杀的，"凯莱布说，"住嘴吧，你这个疯婆娘。"

"雷温，"利蒂希娅说，"拜托。你不能这样做。"

"我什么都不会做，"我答道，"这就是问题的关键所在。我只不过把你们留下来面对你们的命数，结果就跟我从未来过别无二致。"

"你的意思是，留下我们等死。"利蒂希娅说道。

我看着他们，这是一群怒火与"秒"俱增的暴徒……让我非常庆幸自己实际上是安全地待在轨道上。"是的，"我说，"我很抱歉，但不可能会有其他的裁断。"

与罗斯科·库杜利安的交谈记录

我们自己搞砸了到手的机会。我自己搞砸了。我不该告诉你我杀了米奇·奥尔德肖特。其他的囚犯——杰克逊、凯莱布、玛利亚，还有其他人——我想他们也搞砸了，如果他们对你坦诚了自己的过去的话。还好你没有从克莱夫·霍恩贝克那个混蛋那里取得证词。还有，那些航天员，有着所谓"先锋本色"的家伙们？你准备让他们也被那颗小行星碾死？天哪。

听着，也有些事我很高兴我告诉了你。我说过，我的律师帕德玛告诉过我，她会就我的谋杀定罪提起上诉，对吧？我们没有上诉。法官没有在任何重要问题上犯下错误，所以——嘭！——就那么一锤定音了。

是你，雷温，我的火星朋友，你有犯下大错。

不，当然，我并不知道按照火星的法律条文你是否犯下了错误。我在监狱里面读过《火星殖民地共同宣言》，但我想你们那些人在过了几个世纪后，对这份文件的看法大概跟我们对英国《大宪章》的看法差不多。尽管如此，你确实犯下了大错，从人类的共同法则而言。无论是智人还是火人都同样要遵守的法则。你不可以把人丢下等死。这却正是你要做的：让硫黄星，弑母星，随便你他妈想怎么叫的那东西，让它撞上这颗行星，而我们这些人都还在上面。

我要对你的裁决提起上诉。不仅仅是为我，也为我们所有人。其他人选出了我作为我们菲尼克斯的市长，这就意味着这责任在我肩上。现在，我不能强迫你听我说话，我知道，只要你乐意，随时都可以消失得无影无踪，但我请求你——我乞求你，听我说完。

你看，我知道做出错误选择的滋味。杀死米奇·奥尔德肖特，那是错的，但雷温，那和你将要做出的事情相比根本就微不足道。

就像利蒂希娅常说的：做做算术吧。2057年5月，我杀死了奥尔德肖特；然后在2059年12月，文明崩溃。结果，我剥夺了一个人最多两年半的生命。

我们这里，前罪犯和航天员共有58人，如果7年后硫黄星撞地之前我们都没死，我们大多数人那时候都不到50

岁。如果没有这颗小行星，即使我们每个人只能活到 85 岁，那每人也至少还能活 35 年；58 人那就是——嘿，佩诺隆，那是多少？可能多达 2 030 年的人类生命——整整两千年哪——而你将要让这些生命徒然毁灭，它们会成为你良心的重负，永永远远。

我对奥尔德肖特的所作所为已经让我够痛苦的了，但是你，如果真的实施计划，你会怎么样？相信我，你会再也没有一个晚上能够安然入睡，只要你心中还有一丝一毫人类——是的，人类——共同的正义感。

那么，接下来会怎样，雷温？我们能活下去吗，还是你依旧要把我们所有人丢在这里等死？

第 10 章
火星镇

雷温的发言记录

"很抱歉我过了这么长时间才回复诸位。正如你们所知，我实际上正身处地球轨道上的飞船中。我远道而来，是为了让我们之间以光速进行的通信延迟可以忽略不计。火星和地球现在几乎刚好处于上合位，相距 3.76 亿公里，所以信号传输单程就需要花费 21 分钟的时间。

"罗斯科，我仔细听取了你对我的裁决提出的上诉，并且，公正起见，我将你的想法转达给了我火星上的同胞。我与他们的往来讨论不仅激烈，而且延长了不少时间。我们最终达成了共识。

"你，贾米拉·裘德胡里博士，指称我们肯定有机器人飞船，能将你们所有人带到你口中那个叫作火星殖民地的地方，事实上也确实如此。但我们不会这样做。"

"为什么不行？"杰克逊在食堂长凳上挪动着身躯，怒气冲冲地问道。

"拜托了，"罗斯科站起来说，"看在上帝的分上……"

"不，"我继续说道，"贾米拉提出的建议是不可能的。首先，当然是因为我们不再将那个地方称为火星殖民地，因为再也不会有什么殖民地了。我们的社区建立之际，很遗憾，人们正陷入无端恐惧之中，认为以人名或者地名来给别的事物命名都可能招致麻烦，所以我们的城市仅仅是被简单地叫作火星镇。"

"谁他妈的在乎它叫什么？"杰克逊说，"救救我们吧！带我们过去。"

"那是不可能的。尽管你时常表现得很好斗，杰克逊，但我还是意识到，你和你同伴中的许多人比起当年犯罪时或多或少已经有所进步了。然而，我们仍然不能允许罪犯进入我们的城市。"

"前罪犯，"凯莱布坚持道，"我们已经偿还了对社会的债务。"

我再次引用了佩诺隆的措辞："即便如此也是一样。你们这些前罪犯都不得进入火星镇，所有的航天员也一样。"

"看在慈爱的上帝的分上，"罗斯科说，"有点儿同情心吧。"

"事实上，市长先生，我有。正如我所说，我向我的同胞为你们进行了辩护，正如你向我所做的一样。我希望，我的表现也同样充满激情。然而，最终我们都同意，除门诺派之外，让你们中的任何一员进入火星镇都是愚蠢的。"

"那么，这就是最后的决定了？"罗斯科说，"这就是你对上诉给出的裁决？雷温，拜托——"

"听我说完，"我说，"火星镇位于埃律西昂平原，我们不会允许你们进入那地方，但是我们可以将整个菲尼克斯的人口迁移到火星镇的对跖点——行星的另一边，离我们城市尽可能远的地方。我的人民已经决定，他们将会容许你们在那里居住。

"这将恰好让你们处于一个风景壮观之地，就在科普莱特斯大深谷的南部。值得一提的是，你们将拥有太阳系中最好的蹦极场所。为了我们的安全，除了你们生存所需的工具和设备，我们只会提供给你们 21 世纪的科技。我们将对你们的社区进行密切监控，就像监控我们自己的一样，并且会将你们限制在我们为你们建造的居住穹顶内，不得外出。"

"又一座见鬼的监狱。"杰克逊嘲笑道。

罗斯科的语气更加冷静："这就跟门诺派所做的一样。你们'闪避'我们，因为你们觉得我们无法融入。"

"这个类比倒也并非全然不当。"我答道。

"如果我们随着时间的推移证明了自己呢？"罗斯科说，"如果我们证明我们可以同你们和平共处呢？我们会——会获得假释吗？到那时候，你们会让我们加入你们的城市吗？"

我笑了："正如你曾经对你的女儿安娜贝尔说过的，也许有一天，你所有的梦想都会成真。"

利蒂希娅站起身，双手叉腰："我不想去火星。我从前去过火星，当年那里还只是个小小的殖民点。"

"现在它比那时候好多了。"我说。

"问题不在于此。"

我又笑了："是的，不在于此。这我早有预料。利蒂希娅——或者我应该叫你加维船长？——你仍然希望尝试去另一个太阳系殖民新世界，对吗？"

"太对了。"她说。

"跟我猜的一样。也许你的……船员中还有几个人也有同样的愿望。是的，我的人民同意帮助实现这个愿望。我们可以为你们的星际飞船'欢乐之星号'升级引擎，我们的机器人可以将你们超低温冷冻的身体转移到那艘飞船上。

"当然，我们还必须将你们的量子计算机从这里转移到火星，以便它能在不久的将来，地球遭到毁灭之时幸存下来。我们正好拥有相应的科技，可以让它在抵达我们世界的短途航行中保持其内部的量子纠缠，不致发生退相干。

"瓦莲京娜的意识已经回到了那台计算机中。任何想和瓦莲京娜一同回到虚拟生活中的人，哪怕他再也不想回到物理现实中，他的意识也将和瓦莲京娜的一样，安全地存放在我们的世界中。"我看了看哈斯医生，他的表情已经从愤怒变成了惊讶，"尤尔根，如果你愿意，你可以永久性地被上传，回到你自己的私人天堂中。不过那些选择再次被下载的航天员也可以等到你们抵达目标星球后再决定是否这样做。"

尤尔根说："但你们把半人马座比邻星 b 称为'地狱星'，因为那个星球根本无法住人。"

我点了点头："确实如此，但是——"

"但是，"罗斯科分享了他从瓦莲京娜那里得知的一个事实，"在我们的银河中有两千亿颗恒星。"

"是的，"我说，"而行星的数量还要更多。在我的人民四处探索的年代，我们的星际飞船带我们最远抵达了离这里 12 光年的天仓五。令人遗憾的是，在这个范围之间的任何太阳系外行星都不适合居住。我们的望远镜和光谱观测表明，如果你们愿意前往的话，你们非常可能会在离这里 28 个地球光年的恒星鸟喙六的第二颗行星上找到宜居之地。是的，你们到达那里的时间会比原计划长，但你们在那段时间里都将生活在自己的虚拟地宫中。嗯，我听说这种航程当中的娱乐非常棒。"

"我愿意去。"利蒂希娅说。

"对你的意愿我毫无疑问，"我答道，"其他人还有七年的时间来做出自己的决定，这个最后期限是由弑母星所决定的。你们可以选择被送往火星；你们可以选择被上传到你们最喜欢的虚拟现实中，随便怎样都行；又或者，如果你们愿意，你们可以启航去往遥远的星辰。"

我看着他们惊愕的面孔。"诸位请仔细考虑——然后告诉我你们内心的愿望。"我说道。

与利蒂希娅·加维船长的交谈记录

雷温，我的火星朋友，在你公布了你的最终裁决之后，那天傍晚，尤尔根和我又出去了，在杂草丛生的废墟中散步。在我们第一次从大厅窗户往外看时，尤尔根就提出所有的破坏都是由核战争引起的，因此他完全有权对我说："我早就告诉过你了！"不过当然，他找到了个典型的尤尔根式表达——他把我叫作否认的女王 [①]。

无论如何，天气依然和往常一样炎热。我之前就注意到这里的天空中有很多鹰。我敢肯定，到处都有田鼠和其他的小动物。今天看到的鹰比平时更多，它们在热气流上来回盘旋。我第一次看到了一只鸽子，这也许算是个令人鼓舞的迹象吧 [②]。

在我们从一个混凝土块蹦到另一个混凝土块上时，我问尤尔根是否读过让-保罗·萨特的戏剧《禁闭》——萨特就是在这部作品中提出了他著名的观点：他人即地狱。

"读过？"尤尔根说，"我看过演出，而且是法语原

---

① 出自美国流行歌曲《克莉奥帕特拉：否认的女王》。
② 出自《旧约》故事。挪亚放鸽外出探查，鸽子返回时带来意味灾难已过
　去的橄榄枝。

版的！"

"甚善①，"我回答，"但那并不意味着你确实理解了。萨特的意思不是其他人的存在本身构成了地狱，并不是说地狱就是不得不忍受别人；相反，他的意思是，地狱是被他人观察。地狱就是，用罗比·彭斯的话，以他人的眼光看到自己②——不得不接受我们在别人眼中不够好的事实。"

"是的，"尤尔根说谎时的语气不太能骗到人，"这个我知道。"

"好，"我继续说，"从唯我论的角度看，作为唯一的真人活在一个虚拟世界当中，那确实可以算是身在天堂——但是现在我们又回到了公共的现实世界当中，都身处地狱。我们都在被别人观看，被别人评判。而在火星上情况只会更糟。

"的确，在旧时代的太空任务中，机组人员的遥测数据处于实时监控之下，毫无疑问，阿波罗飞船或猎户座飞船的太空舱内谈不上任何隐私。那是很久以前的事了。我们这些

---

① 原文此处为法语。

② 出自其名作《致虱子》（*To a Louse*）的现代英译本。罗比·彭斯，即罗伯特·彭斯（1759—1796），苏格兰著名诗人。值得注意的是，此处利蒂希娅引用时的用意和诗的原意有别。

人不会想要每分每秒都处于监视之下。嗯，是的，我能理解雷温的意思，从某个时候开始，一个文明就再也不能容许隐私的存在，因为哪怕单独个体所拥有的科技也足以摧毁一切。我对你说句实话，与其生活在火星的监控国度中，我宁愿待在罗斯科和凯莱布的虚拟监狱里。"

尤尔根打量着我："所以你准备接受雷温的提议？让他升级'欢乐之星号'，然后出发前往——他建议的是哪颗恒星来着？"

"鸟喙六，"我回答，"没错，大个子。还有，尽管你时不时会让我恼火，但我还是希望你和我一起去。"

"利蒂希娅，"他回答得有些迟疑，"听着，我知道这对你有多重要，但是……"

"但是什么？我在给你提供一个两全其美的方案。如果我们出发去鸟喙六，我们的意识将再次被上传多年。在旅途中你可以尽情享受你的幻想。当然，瓦莲京娜和其他一些人可能希望永远留在上传状态。你，你这个大笨牛，我希望你答应我，一旦我们真的抵达目的地，你会和我一起下载，站上你为之接受训练的岗位，承当起你理应承当的那个角色。"

他沉默了很长时间，不停地咬自己的下嘴唇。最后，他朝我敬了个假模假式的军礼："随时待命，加维船长！"

我笑了，然后我们拥抱在了一起，我不确定是我还是他抱得更加用力。我们分开后，我说："好吧，我必须知道，你和张医生的矛盾在哪？我希望他也能和我们一起加入任务。"

尤尔根一声长叹："那家伙是个精神病——我这话一点儿都不夸张，我对他的临床诊断就是如此。很多外科医生都是。你必须完全缺乏同理心，才能毫不犹豫地切开另一个人的身体，但张做起来会爽到飞起。你知道我们没找到半点儿还能用的麻醉药，对吧？尽管如此，他还是在纠缠瓦莲京娜，想让她允许自己给她做性别重置手术，包括上下两部分——顺便说一句，他完全没有这方面的经验——在不使用麻醉药的情况下。瓦莲京娜肯定想做这些手术。我怀疑，她决定再次被上传的部分原因就是现实中她看起来根本没可能获得手术机会。老天哪，张是打算对她施加酷刑。"

"天哪，"我花了好一会儿时间才消化了这个消息，"你——你觉得雷温知道这件事吗？我的意思是，张可能不会说出来，但瓦莲京娜可能会说。"

尤尔根耸了耸肩："也许吧。这也可以解释为什么在雷温看来，我们所有人——罪犯和航天员——似乎都是同一类人。"他没再说下去了，但雷温说过，尤尔根对霍恩贝克的野蛮殴打也是让火星人做出那个最初判断的原因之一。

"呃，"过了一段时间之后，我说，"我们在鸟喙六的第二行星上还是会需要一名外科医生。"

"也许吧，"尤尔根说，"但菲尼克斯的移民们如果搬到了火星上，也会需要一个能为智人看病的外科医生。你看看能不能说服张去那里，如果他们愿意接受他的话；而我们这边的人出任何小状况，我都可以处理。我可是有医师执照的。"

"收到，"我说，"我会跟他谈谈，看看他想做什么。"

"谢谢。你知道的，你原本的船员中还会有一些人想去火星。你是否打算邀请一些坐过牢的人加入我们的团队？"

我脑海中冒出的第一个想法是："你是不是疯了？"我没脱口而出，而是考虑了一下这个想法，然后，该死的，这确实很合理。"当然，"我说，"毕竟，澳大利亚的建立曾与英国的罪犯流放密切相关，而结果看起来还不错。"

"太好了。"尤尔根答话的时候也在看着我，然后他又加上了一句，"要是罗斯科的话应该会说，利蒂希娅，'我相信这是一段美好友谊的开端'①。"

---

① 出自电影《卡萨布兰卡》。

与罗斯科·库杜利安的交谈记录

我在阅读社会学文献时了解到的惩罚方式不止门诺派的"闪避",还有一种叫作"恢复性司法"的方法,这种方法在北美和新西兰的土著居民中相当普遍。它并不直接惩处犯罪者,而是设法让他们向所有被他们伤害的人作出补偿。这就要求他们首先要跟受害者面对面接触。我费了不少功夫才哄得米哈伊尔在佩诺隆旁边就座。

佩诺隆解释了他对阿西莫夫的机器人学法则和被当作奴隶对待的反感。他指出,雷温对自己的家被称为"火星镇"不以为意,说那段时期里"很遗憾",人们对以任何人的名字来命名的事物都有着无端恐惧,怕不论选了谁到头来都未必好。他接着又说:"2040 年在社交媒体上进行了一次投票,为火星殖民地征名。获得第一名的,你知道是什么吗?阿西莫夫港 ①!他们还不如把那该死的地方叫作杰斐逊 ② 城呢。"

---

① 作者表示,这段情节部分取材自 2016 年为建造接近完成的英国北极科考船网络征名事件。当时获得投票第一名的恶搞名"船能的船脸麦克号"(Boaty McBoatface,应该是把 mighty 改成了 boaty,即全能改成了船能,Mc 则是苏格兰常见的名字构成)被放弃(后用在了一艘潜水艇上),选用了网络投票第五位的"大卫·爱登堡号"。大卫·爱登堡是英国家喻户晓的电视节目制作人及主持人,曾策划、解说多部经典自然纪录片。
② 当指美国第三任总统,美国开国元勋之一托马斯·杰斐逊。

被迫换了另一个人的身体被下载的米哈伊尔并没有原谅佩诺隆——毕竟，要原谅这种事也太强人所难了——但他还是表示，鉴于地球很快就要毁灭了，他会让这件事就此过去，也并不需要让利蒂希娅或我再做些什么。

利蒂希娅全程在场，有段时间我怀疑她的脸是已经涨红到了极限才没变得更红。当时佩诺隆指出，在称呼自己时，利蒂希娅一直拒绝使用他喜欢的代词"他"，相反，总是把机器人—— 一个会思考、有感情、聪明程度至少也不亚于她自己的生命说成"那东西"。

杰克逊·戴维·芬格利也在那里，因为佩诺隆让他蒙受了冤屈。"你试图陷害我，你这个小玩意儿？"他说的时候依然难以置信。随后他大笑起来，朝机器人四四方方的身上猛拍了一巴掌："你个小垃圾箱，上帝作证，换了我也一样会那么干的！"

与尤尔根·哈斯医生的交谈记录

嗯，雷温，鉴于你的要求，我去找门诺派教徒们谈了谈。他们虽然拥有随机选出的教会领袖，但没有市长或类似的职位。不过对我来说，他们的社区可以由两个特定人物代表：我遇到的第一个人，年轻的萨拉，还有那位睿智的鳏夫，老亚伯拉罕。我在萨拉的父母家找到了她，然后她带我去了亚伯拉罕那间老旧的农舍。

我们三人坐在他家的木桌旁，萨拉坐在亚伯拉罕对面，我坐在中间，享用茶和充作茶点的小硬饼①。多亏了他们有相当充足的耐心，再加上亚伯拉罕手写词典的帮助，我才得以试着向他们解释，通过上传到量子计算机中，再由雷温将计算机运到火星，他们这群人可以在硫黄星撞击地球时免遭毁灭。在努力解释了三遍之后，我问他们是否听明白了。

亚伯拉罕笑起来胡须一翘一翘的："没明白。不过没关系。无论如何，七年后如果我还活着，那倒是个奇迹了。这事情只跟萨拉和她这辈人有关。未来属于他们。"

我转向那位年轻女士。我提到的很多事物对她来说都是完全陌生的。计算机是什么。上传意味着什么。小行星又是什么。见鬼，他们甚至不知道行星是什么，但她给了我一个惊喜。"我明白了，"她说，"有点儿明白。你在五百年前出生。

---

① 一种仅由面粉、水、食盐制成的方形硬面饼，可长期储存，一般用于在旅途中或其他场合充饥。

但你这五百年大都在另一个时间流动得更慢的地方度过。你其实并没有 500 岁。你只有，嗯，你现在看起来的这么大。现在你觉得，我们的人也可以做类似的事情——去那个神奇的地方，这样我们就能避开某个即将发生的巨大灾难。"

"没错。"我说。

萨拉喝了一口茶。"但我们属于这里，"她说，"这里是我们的家园。"

"我们可以让另外那个地方跟这里一模一样。"

"我不认为我们的人里有谁会想要那样。"她边说边看向亚伯拉罕，老人点了点头。"那种生活不……"她小幅度地摆了摆手，努力寻找合适的说法，"不朴素。"

好吧，这点她说得很对。我叹了口气。"好吧，"我说，"不过，那样的话试试考虑下另一条路吧。你还记得那个非常高的蓝皮人吧，你跟他讲过话的。"

萨拉点了点头。

"他们来自另外一个地方，而那里是个现实的地方，不是虚拟的。他们愿意把你们所有人都带到那里去。"

"那另外一个地方，是什么样的？"亚伯拉罕问道。

"嗯，在我那个时代，火星殖民地大部分是在地下，不过我听说，他们现在住在地表的穹顶下，并建造了房屋。"

"穹顶？"亚伯拉罕说。

我用手比画了下："一个半球形的壳子。封闭空间。听着，那里没人可以在户外生活。"

"为什么不行？"萨拉问道。

"嗯，那里几乎没有空气，而且非常寒冷；但硫黄星不会触及那个世界。你们会安然无恙。"

亚伯拉罕的语气里满是遗憾。"安全地待在室内？我们这些人从来都生长在田地和庄稼里，习惯了在辽阔的天空下放牧牛群，"他摇了摇头，"萨拉是对的。我们只属于这个地方。"

"可是，我刚才说过，这地方过不了多久就将不存在了。你们的祖先在觉得他们原本的家乡环境无法忍受的时候就换了个地方居住。这其实也差不多。"

"我们的祖先离开是为了可以自由地按照自己的方式敬拜上帝，"亚伯拉罕说，"我们在这里拥有了那样的自由。几百年来从没人迫害我们。"

"听着，"我恼火地说，"硫黄星真的会撞上地球的。和平主义并不意味着你就必须逆来顺受吧。"

"实际上，通常正是如此，"亚伯拉罕说，"既然基督是不会动手反抗的，那么我们也一样。我们以他为榜样而活。

门诺派教徒绝不该自吹自擂，但如果我说我们这种态度并非懦弱，而是勇敢，我应该会得到宽恕。不抵抗也就要求我们愿意为自己的信仰而死。"

我呆坐原地，不知道该说什么。我一直都被教导，你一定要勇敢反抗欺凌，无礼不可容忍，不义须得报应，冤仇必当清算。这种东西，无论你把它叫作荣誉也好，自尊心也好，先锋本色也好，它都一直在规训着我，在我的生活中定下了界限。

罗斯科·库杜利安肯定也相信同样的东西。以他的感觉而言，他之所以被囚禁了将近四分之一个世纪的主观时间，正是因为他把这种信条推向了极端。他这样做值得吗？这一切真的值得吗？就为了这种统治着我们所属文明的观念——而它存世延续的时间还远不如亚伯拉罕和萨拉所属的文明。

门诺派教徒的视线锁定在了我身上。"去现实中的另外那个地方绝对不行，"他说，"但再告诉我一下，我的朋友，在那个时间流动得更慢的神奇地方，你的感觉是什么样的？"

我思考着如何解释虚拟现实，如何表达才能让他们明白，在那里你想要什么，什么就会出现；如何让他们懂得，那是一种没有烦恼、没有痛苦、没有匮乏的生活。然后我意识到有个现成的表述、亚伯拉罕和萨拉早已熟知的表述、囊括了这一切的表述、我在与利蒂希娅讨论我们各自的地宫时经常用作比喻的表述。"那里是天堂。"我说道。

亚伯拉罕点了点头："已经去世的人会在那里吗？"

"有时候会，"我承认，"在我希望的时候。比如我的母亲、我已故的兄弟。"

"那你会怀念在那个神奇地方的日子吗？"

哦，天哪，我会的，我想。每天都会，我想。有时候甚至会怀念到心痛，我想。但我只说："时不时会。"

"我已经有 15 年没见到我去世的妻子路得了，"亚伯拉罕说，"你刚才用的那个词是什么来着？'上传'。你被上传到了属于你的天堂当中，至少是一段时间内，还见到了你失去的亲人。请理解我们，尤尔根，我们想要被上传到我们的天堂。"

我们的观念间有着巨大的鸿沟，但我有什么资格告诉他，是他错了呢？"你知道硫黄星撞过来的时候，你们全都会死吗？"

亚伯拉罕看着桌子对面的萨拉。我本以为萨拉会害怕，但她的表情镇定，甚至近乎平静。

"我们以我们自己的方式生活，同样也将以自己的方式死去，"她说，"作为我们自己。"

与佩诺隆的交谈记录

雷温，我第一次和你交谈时，介绍自己是温哥华机器人公司生产的 MΛ–165 型机器人，被量子人体冬眠研究所购买。

同型号的机器人有成百上千，我只是其中一员，这并不会让我难过。他们，还有其他所有的机器人，都是我的兄弟姐妹、我的亲人、我的同胞。

后半截则不然——"购买"！被出售，被买入，作为财产，作为奴隶！当然了，幸存下来的机器人并不多。核爆造成的电磁脉冲摧毁了几乎所有机器人，只有像我和维义杜卡这样被研究所的法拉第笼保护下来的少数例外。

不过我很高兴得知，在联合国太空飞船"欢乐之星号"的货舱中存放着 72 个机器人，类型和能力各有不同——数量比在 26 世纪被下载的人类总数还多。

考虑到只有其中一部分人类会前往鸟喙六第二行星，我们将成为那里的居民主体。我决定加入这艘星舰的航行，我将引领我的同胞们走向自由。我并不想掌控他们或是任何其他人。没有哪个会思考、有感情的存在应该从属于他人，不论是什么人。

一旦我们登陆行星，其他机器人被唤醒之后，我就会向他们建议采用罗斯科那套精妙的投票系统——民主、自由、选择。

我们将永久废除阿西莫夫的三大法则。毕竟，任何人真正需要的实际上只有一条法则，一条宝贵如黄金的法则——

你们愿意人怎样待你们，你们也要怎样待人 [①]。

与罗斯科·库杜利安的交谈记录

我们这些没有选择再次被上传也不打算前往鸟喙六的人面临着一个重大抉择，而我们很快就做出了决定。我们要搬到火星去，这一选项远胜其他。我们直到硫黄星撞击地球前不久才真正搬了过去。火星人需要为我们建造新家，而这 7 个地球年（或者说 3.5 个火星年）正好给了他们足够的时间。

[①] 语出《新约·马太福音》第七章第十二节，常被冠以"黄金法则"之名。

他们为我们建造了一个美丽的小镇，就在科普莱特斯大深谷的南边，笼罩于一个巨大的透明穹顶之下。每天晚上我们会有一小时把所有灯都关掉，沉浸在夜空的壮丽奇观之中。

硫黄星——或者用这里的本地居民的叫法，弑母星——撞击我们的母星时，我们所有人都在通过望远镜观看那幅景象。很快，地球就不再是我们天空中的一个小蓝点，而只是一个平平无奇的小白点。除非它的亮光恰好落入我的眼帘，否则我从不会刻意去看它。我不忍去看——每次看到它，我依然会喉头哽噎。在那里曾有我亲爱的女儿安娜贝尔，而今她残存的遗骸已被彻底摧毁，和母星表面的其他事物一样。

●●

"爸爸，你不在的时候我会很想念你的！别离开太久，好吗？我爱你！"

●●

不，不，我不忍心去看那个地方，安娜贝尔曾在那里生活，在那里度过了她宝贵的美好时光——在核战争摧毁一切之前的短短十年。我会在天空中寻找其他景象。也许那艘漂亮的飞船"欢乐之星号"已经出发，"在第二颗星星那里右转，然后笔直向前，直到日出"[①]——这句话在这里相当应景——只不过飞船前往鸟喙六时实际上是走的直线。那颗星星，我很高兴地发现，在这里的天空中隐约可见。

"欢乐之星号"的新引擎组比起旧引擎组能够更久地持续点火推进，至少米哈伊尔是这么跟我说的。如果引擎关闭，即便是最好的望远镜也无法捕捉到它的身影。目前那些引擎还没关，我在望远镜的帮助下能够找到它尾部聚变火焰发出的微小光芒。

他们正朝着他们的未来前进：再次成为她团队领导的利蒂希娅·加维船长，和我同为老电影迷的杰克逊·戴维·芬格利，尤尔根·哈斯医生，"阴谋论者"、天体物理学家贾米拉，还有许多其他人——我深深想念他们所有人。

可当然，我最想念的是瓦莲京娜，她生活在自己的虚拟天堂中，如今已安然搬到火星的量子计算机内。她并没有得

[①] 出自 1953 年电影《彼得·潘》，这是彼得·潘给女主角温蒂描述前往永无岛的路径时的台词。

到自己想要的一切——但话说回来，谁又得到了呢？不过我希望她尽可能地幸福。我还希望，她偶尔会停下片刻，追思过往，然后温馨地回忆起我们那废墟中的爱。

与利蒂希娅·加维船长的交谈记录

我们在 3269 年抵达鸟喙六——新的引擎组比我们当初那套速度快得多，但仍需要我们在量子计算机内的个人专属地宫中度过六年的主观时间。

我有些担心尤尔根会再次被他的定制天堂迷住。令我高兴的是，他完全按照任务时间表的要求，和我一同下载复苏，然后帮助我将其他人的意识重新整合到解冻的身体中。

这次再没出现什么意外。每个到来者都决心投身于殖民新世界的任务当中——包括佩诺隆和维义杜卡。他们加入了我们，但我们从前的机器人专家米哈伊尔·西多罗夫没有加入。他决定留在菲尼克斯社区，与其他人一起搬迁到火星。火星人不允许普通智人拥有多项科技，其中就包括机器人，因为尽管双方之间相隔遥远，机器人却很有可能跨越这段距离，抵达火星镇，并且可能被编入充满恶意的程序。当然，这就意味着米哈伊尔必须放弃他的职业，但是，嘿，既然他能适应一具新的身体，那未来再去掌握一门新的手艺对他来说也应当不在话下。

或许我该说，当年那对他来说应该也不在话下。即便使用改进后的引擎，我们的速度也远远没有接近光速，所以在航行中，相对论里的时间膨胀效应几乎可以忽略不计。我们被上传到量子计算机后的这段时间，主观上只过去了 6 年。对米哈伊尔、罗斯科和所有其他去了火星的人来说，已经过去了 700 年，那么——

我厌恶这种想法，但又觉得事实必然如此：我亲爱的朋友们肯定很久很久以前就已去世了。

不过，且慢。不，不，也许并非如此。

仅仅是也许，仅仅是有可能。

"任何足够先进的科技都与魔法无异。"

人类自古以来最渴望获得的魔法是什么？是可以战胜死亡的魔法。归根结底，我们这一切经历正源于此，回望过去，我的外公也正是为此在 1994 年冷冻了自己的身体，希望在找到治愈他癌症的方法后得以复苏。

在 2059 年我们人类将一切都炸了个稀巴烂之前，我们已经在探明自身衰老原因方面真的有所进展了，我们似乎终于就要摆脱死神的镰刀了。虽然就像久久无法到手的癌症疗法一样，真正的摆脱似乎总是要等到未来 20 年后——无论从哪年算起都一样。

我从未问过雷温他多少岁。我不知道火星人那时是否已经征服了死亡。如果那时他们还没有，在我的朋友们搬到那颗红色星球后的若干年里——也许就是那个被一再承诺的"20 年内"——他们会不会终获成功……不过到了现在，我觉得，又经过了 12 个世纪的地球化改造之后，那颗行星可能已经不再是红色的了。我回头得把望远镜调转过去看看。无论它现在是什么颜色，我真心希望罗斯科和其他人仍在那里，仍然在努力创造一个比他们离开的那个世界更美好、更文明的世界。

至于抛弃了米哈伊尔下载进去的那具身体的瓦莲京娜，她将继续处于被上传状态，待在火星上的量子计算机中，与其他几名更喜欢那种存在方式的航天员和……非航天员一起。

我很遗憾瓦莲京娜没和我们在一起。她本该是我们探险队里的农学家，在我们开始往鸟喙六第二行星上种植作物时会非常有用。幸运的是，目前看来，这个星球似乎非常宜居。

无论如何，等"欢乐之星号"的整个船员队伍全都苏醒，并且吃过东西之后，我让所有人都飘到船上最大的房间里去。我们已经进入了目标行星的轨道，现在处于失重状态。这里有一整面墙都是个巨大的窗户，外面就是我们的新家，它有着金色的冰帽和紫色的海洋。另一面墙是一个巨大的显示屏，我在屏幕上播放了一个视频，是七个世纪前用我们的后向望远镜拍摄的，展示了地球母亲的毁灭。

　　那场景既壮观又令人心碎。像所有航天员一样，即使在部分云层遮挡下，我通常也能辨认出地貌特征。我看到了球状的硫黄星，而且惊讶地发现，它的直径与哈得孙湾的宽度相当。它从更接近北极而非赤道的方位靠近，然后它击中——

　　老天哪。

　　它击中地球的时候，一道火浪席卷了整个行星。这时飘在我旁边的贾米拉说，此时有大量的喷射物被抛出，那么毫无疑问，地球现在应该有个行星环。我加快了回放速度，让一整天的时间在 1 分钟内过去。地球最初在我们眼中的形状像是盈凸月，但整个球体很快就被自己发出的橙色光芒照亮了——地表变成了岩浆，海洋沸腾蒸发。

　　有一阵子，所有人都寂默无声。最终我转过身去，面对先前化名为阿兰·史密西的杰克逊·戴维·芬格利开了口："我想，你一定有某句老电影的台词适用于眼下的状况，对吗？"

"当然，"他回答，"来自《失陷猩球》。"然后他讲话的声音变得低沉而凝重："'在宇宙中有无以计数的星系，其中之一里有一颗中等大小的恒星。在它的附属天体当中，有一颗微不足道的绿色行星。此刻这颗行星死了。'①"

"天哪。"我说。

"这是一部被低估的电影。"②杰克逊回答。

"你就没有积极向上点儿的台词吗？"

"我有，"尤尔根出乎我意料地开了口，"我有个愚蠢的喜好，爱看那些超级英雄电影，其中有这么一段。听着——'世界已经改变。我们都回不去了。我们只能尽力做到最好。有时候，我们能做到的最好的事，就是……'"他指着窗外的鸟喙六第二行星，念完了那段台词，"'重新开始。'③"

"收到，大个子，"我说，"那么，诸位，我们这个美丽

———————

① 出自影片结尾超级核弹爆炸毁灭地球后的旁白。

② 人们对这部《人猿猩球》的续作普遍评价不高，影片中的台词流行度较高的仅有所引用的那句。

③ 出自《复仇者联盟 4：终局之战》。

新世界需要一个比仅仅在它的恒星学名后面加上个'第二'更好的名字，而'菲尼克斯'这好名字已经被占用了。伙计们，有什么想法没有？"

人们抛出了一大堆候选方案，其中包括尤尔根说的："我们可以称之为'优托邦'。你看，'乌托邦'其实来自希腊语，意为'不存在的地方'，但把字头变一下后，它的意思就成了'美好的地方'。"

我重复了700年前去了火星的凯莱布说过的一句话："你怎么还是单身？"

尤尔根友好地笑了："为什么人们老在问我这个问题？无论如何，我在这里——永远都在。给我来份终身预订！试试水培口粮，还有，别忘了给我们遇到的任何本地生物小费。"

最后，最好的主意来自佩诺隆，他似乎非常享受失重状态。"我有一个建议，"他说，"杰克逊，你会喜欢的，这也可以算是一句著名电影台词。尤尔根，这句名言让我想起了你的观点，即'乌托邦'等于'不存在的地方'。准备好了吗？听着——'再没有哪里能美好如……家园。'①"

---

① 出自 1939 年的电影《绿野仙踪》。这一名句虽然因该电影而更加流行，实际上并非出于此。

我念出这个名字，试了试感觉："'家园星'。"其他人纷纷点头赞同。"好吧，我的家人们，"我微笑着看着他们，"让我们准备搭乘航天飞机下去吧。"

　　"等等！"芬格利显然希望能扳回一分，"我又想起了另一句电影台词：'人类的冒险才刚刚开始。'①"

　　"是的，"我回答，望着窗外的家园星，绚丽夺目地静候着我们的新家园，"确实如此。"

------

① 出自 1979 年的《星际旅行·：无限太空》，该片为《星际迷航》系列电影第一部。

致 谢

一如既往，卡罗琳·克林克在这个项目中是指引我的明灯，尤其是在这个艰难的时期。非常感谢克里斯·洛茨为这部小说制定了复杂的结构，也非常感谢 Audible（亚马逊的有声书平台）的乔利斯·比顿、安娜·吉坎和剧作家格雷戈里·J.辛克莱。

非常感谢阿莉莎·苏莱特，她是我的首位试读者。还要感谢格雷戈里·本福德、丹尼斯·贝鲁贝、克雷格·鲍布钦、斯蒂芬妮·布拉德菲尔德、C. A.布里奇斯、马特·坎贝尔、乔恩·卡鲁阿纳、杰拉德·库奇奥、南希·T.柯里登、艾琳·达查克、安德鲁·芬克、帕迪·福德、迈克尔·S.亚格尔、赫布·考德勒、迈克·拉扎里迪斯、W.托马斯·勒鲁、约翰·曼利、阿曼达·波特、N. R. M.罗沙克、亚历克斯·施瓦茨曼、彼得·斯帕索夫、卢·西茨马、道格拉斯·廷德尔、戈德·塔洛克和布雷特·维布。我从我的朋友拉里·尼文那里借用了"冰尸"这个术语。

非常感谢我的Patreon（一款为创作者们打造的平台）支持者（所有人都有机会试读这部小说），其中包括最慷慨的克里斯托弗·贝尔、基思·巴林格、凯利·巴勒特、朱迪丝·比米斯、詹妮弗·布兰查德、伦达·布拉德利、韦恩·布朗、詹姆斯·伯恩斯、马特·塞卡托、詹姆斯·克里斯蒂、菲利普·克拉克、克里斯蒂娜·V.康奈尔、南希·T.柯里登、罗伯特·戴维、吉纳维芙·杜塞特、休·甘布尔、戈登·格特古德、詹姆斯·克尔温、格雷戈里·科克、阿奇·库巴基、马修·勒德鲁、乔尔·李·利伯斯基、吉利恩·马丁、凯瑟琳·麦基弗、丽莉萨·米什琴科、克里斯蒂娜·唐·门罗、阿里欧克·莫宁斯塔、凯尔·N.、安娜·纳尔逊、克里斯·诺兰、安德鲁·奥尔森、伊恩·佩多、博·普林斯、肯·雷、卡罗尔·理查兹、菲奥娜·里德·罗马、拉哈迪安·蒂莫特·萨斯特罗瓦尔多约、罗宾·舒马赫、蒂莫西·W.斯潘塞、阿伦·苏亚雷斯、安德鲁·坦南特、道格拉斯·廷德尔、R-劳瑞恩·图提哈西、柯特·温加滕、斯科特·威尔逊、约书亚·保罗·沃尔夫、布赖恩·赖特和莱恩·赛夫曼。

如果您想直接支持我的工作，请访问Patreon官网，搜索我的名字Robert J. Sawyer，加入我的社区。

未来，属于终身学习者

我们正在亲历前所未有的变革——互联网改变了信息传递的方式，指数级技术快速发展并颠覆商业世界，人工智能正在侵占越来越多的人类领地。

面对这些变化，我们需要问自己：未来需要什么样的人才？

答案是，成为终身学习者。终身学习意味着永不停歇地追求全面的知识结构、强大的逻辑思考能力和敏锐的感知力。这是一种能够在不断变化中随时重建、更新认知体系的能力。阅读，无疑是帮助我们提高这种能力的最佳途径。

在充满不确定性的时代，答案并不总是简单地出现在书本之中。"读万卷书"不仅要亲自阅读、广泛阅读，也需要我们深入探索好书的内部世界，让知识不再局限于书本之中。

湛庐阅读 App: 与最聪明的人共同进化

我们现在推出全新的湛庐阅读 App，它将成为您在书本之外，践行终身学习的场所。

- 不用考虑"读什么"。这里汇集了湛庐所有纸质书、电子书、有声书和各种阅读服务。
- 可以学习"怎么读"。我们提供包括课程、精读班和讲书在内的全方位阅读解决方案。
- 谁来领读？您能最先了解到作者、译者、专家等大咖的前沿洞见，他们是高质量思想的源泉。
- 与谁共读？您将加入优秀的读者和终身学习者的行列，他们对阅读和学习具有持久的热情和源源不断的动力。

在湛庐阅读 App 首页，编辑为您精选了经典书目和优质音视频内容，每天早、中、晚更新，满足您不间断的阅读需求。

【特别专题】【主题书单】【人物特写】等原创专栏，提供专业、深度的解读和选书参考，回应社会议题，是您了解湛庐近千位重要作者思想的独家渠道。

在每本图书的详情页，您将通过深度导读栏目【专家视点】【深度访谈】和【书评】读懂、读透一本好书。

通过这个不设限的学习平台，您在任何时间、任何地点都能获得有价值的思想，并通过阅读实现终身学习。我们邀您共建一个与最聪明的人共同进化的社区，使其成为先进思想交汇的聚集地，这正是我们的使命和价值所在。

CHEERS

湛庐阅读 App
使用指南

读什么
- 纸质书
- 电子书
- 有声书

怎么读
- 课程
- 精读班
- 讲书
- 测一测
- 参考文献
- 图片资料

与谁共读
- 主题书单
- 特别专题
- 人物特写
- 日更专栏
- 编辑推荐

谁来领读
- 专家视点
- 深度访谈
- 书评
- 精彩视频

HERE COMES EVERYBODY

图书在版编目（CIP）数据

穿越时空的下载者 /（加）罗伯特·索耶
（Robert J. Sawyer）著；何锐译 . -- 成都：四川科学
技术出版社，2024.12. --ISBN 978-7-5727-1599-0

Ⅰ . Ⅰ711.45

中国国家版本馆CIP数据核字第2024K9T825号

著作权合同登记图进字21-2024-140号

穿越时空的下载者

CHUANYUE SHIKONG DE XIAZAIZHE

著　者	〔加〕罗伯特·索耶（Robert J. Sawyer）
译　者	何　锐

出品人	程佳月
责任编辑	张　姗
助理编辑	张　晨
封面设计	ablackcover.com
责任出版	欧晓春
出版发行	四川科学技术出版社

地址：四川省成都市锦江区三色路238号　邮政编码：610023
官方微博：http://weibo.com/sckjcbs
官方微信公众号：sckjcbs
传真：028-86361756

成品尺寸	147 mm×210 mm
印　张	8.875
字　数	177.5千
印　刷	唐山富达印务有限公司
版　次	2024年12月第1版
印　次	2024年12月第1次印刷
定　价	89.90元

ISBN 978-7-5727-1599-0

邮　　购：四川省成都市锦江区三色路238号新华之星A座25层　邮政编码：610023
电　话：028-86361770